夜不語

詭秘檔案

夜不語

詭秘檔案

夜不語

詭秘檔案805

Dark Fantasy File

英雄的城

夜不語 著 Kanariya 繪

CONTENTS

人總是活在他人的目光之中。

無論成功或是失敗，人都是活給別人看的。

這是最好的時代，也是最壞的時代。在這個時代裡，人類最需要的是英雄，也最不需要英雄。

有人說，這是個俠氣衰敗的年代。這個時代，沒有英雄。

或許，並不盡然如此。至少我知道在某個城市中，真的有一個孤獨的英雄存在。

或許，他，就在你住的都市裡，默默，隱藏著。維持著社會的秩序。

這是關於英雄的恐怖故事。看完這個故事，或許會扭轉，你對英雄的定義。

誰知道呢！

楔子

這世上，我們將一個領域研究到極致的人，叫做專家。網路上，稱其為大神。每個國家都有許許多多的大神，他們在各自的領域獨佔鰲頭，或研究最先進的知識體系，或製造出保家衛國的尖端武器。

這些大神全是人類的驕傲，他們稀有、難以量化。而且大神們之所以變成大神，更可能不止是他們的努力，還有機遇、時勢和偶然。

大神們都是孤獨的，每個城市的大神數量相對於人口而言，是極少的。

但唯獨一個城市，那裡充滿了大神。你在那擁擠破敗的街道上走過的任何一步、撞到的任何一個人、擦肩而過的任何青年，都有可能是個大神。

這裡是三和。

他們，都是三和大神。

郭勇就是三和大神裡的其中一員，他已經記不得自己是什麼時候來三和的。但是，他恐怕已經離不開了。

這傢伙的生活模式通常是這樣的，早上六點在網吧的沙發上清醒過來，摸摸身上細心藏好的手機有沒有被偷走。郭勇全身上下，最值錢的就是那隻只價值一千五百塊的山寨手機。

摸到手機後，他安心了許多。他整個人蜷縮在只夠坐一人的單人沙發上，這個極不舒服的姿勢因為習慣，也變得似乎沒那麼難受。

郭勇站起身，伸了個懶腰。他棲身的黑網吧昏暗骯髒，許許多多和他差不多的三和大神，大多都還沒有從自己的神座上睡醒。

三和的夏，清晨來得特別早。一絲陽光從黑網吧高高的窗戶外灑進來，並沒有帶來早晨的清新，只讓郭勇感覺網吧內的空氣更加的渾濁難聞。

他到廁所就著洗手台的水龍頭，隨便洗了一把臉。臉上分泌的油脂把手掌弄得油膩了，郭勇沒在意。他順手將手上的油膩擦在已經許多天沒洗過的骯髒牛仔褲上。摳了摳半個月沒有洗的頭髮。

洗手間昏暗的光線下，他頭髮上無數的頭皮屑在「唰唰唰」的往下落。

冷水讓郭勇清醒了許多，他將自己關進洗手間，賊似的掏出皮夾數了數裡邊的現金。剩餘的現金還不夠網吧吃喝一天的費用。

「今天該找一找日結的工作，搞點錢了。」郭勇咕噥了一聲。他一點都不想工作。但是不工作的話，自己連一天都沒法撐下去。還好，三和這個城市很有包容性，幹一天日結的工作，可以供他在三和的黑網吧吃喝拉撒、活個三天。

郭勇伸了個懶腰，走出這家叫做「沙巴克」的黑網吧後，剛走到狹小的街道上，他整個人就都愣住了。

今天的街道，似乎有哪裡不太對勁。

他來三和很多年了，唯獨今天感覺有些不同！明明熟悉的街道，卻變得陌生無比。眼前的水泥路，一如往常的充滿了垃圾和可疑的污垢。

街道上空無一人，三和大神們很少這麼早起床。如果不是郭勇下定決心今天要賺錢，他平常也會睡到早上十一點。

清晨的陽光，灑在骯髒的街道上。沒人的街道哪怕在陽光下，也流露著詭異。郭勇的心臟就在這平凡的早晨，沒來由的狂跳不已。他的腦神經不停地警告他，周圍有危險存在。只要他邁出，哪怕一步，他，就會喪命。

但是危險，來自哪兒？

郭勇很相信自己的直覺，雖然他已經混到了三和大神的地步，人生已經墜入了最底層。但是他還有命，他的直覺，救了他無數次。

剛邁出網吧大門的郭勇就這麼直愣愣地站在屋簷下，一隻腳落在地上一隻腳提起來，無論如何也沒有勇氣將抬起的腳落下去。他的表情驚異不定，甚至有些不知所措。

今天的三和，簡直太怪了。平凡的破敗街道上能有什麼，為什麼會讓自己恐懼無比？郭勇保持著可笑的姿勢，就這麼站著。他的視線不停地搜索著周圍的環境和平時有什麼不同？

沒有，他的找碴遊戲持續了五分多鐘，缺乏鍛鍊和運動的提起的那隻腳都快要酸痛的崩潰了，仍舊沒有找到危險的來源。

「街道沒問題，除非……」郭勇突然想到了什麼，猛地抬起頭。當他看了天空一眼後，整個人都呆滯了。

只見地面上明明是陽光普照的清晨，可在他的視線裡變得陰沉無比。

不是天變了。

而是那團陰沉的霧霾中，彷彿躲著一個怪物。

一個想要吞噬自己的怪物。而不幸的是，那躲藏在雲層裡的怪物，似乎也發現郭勇發現了它。

「我擦，外星人？」郭勇實在沒辦法形容雲層裡躲藏的是什麼。如果真的是一個怪物的話，到底會有多大？怕是籠罩了大半個三和的龐然大物吧！

那怪物的視線，瞟到了屋簷下渺小得連螞蟻都不如的郭勇身上。

郭勇臉色鐵青，全身如同靜電通過般，寒毛一根根豎起。陽光透過那層不正常的陰霾，也不正常起來。

來了！

只見那層龐大到令人恐懼的陰雲猛地旋轉成漩渦，中心點正是郭勇腦袋的上方。

目標，果然是自己嗎？

郭勇嘴角的苦澀，更加濃了，大罵道：「我擦，老子招誰惹誰了。都躲到三和這鬼地方來了，債主躲過了，怎麼又跑出一隻怪物追殺我？老子不過就是欠了高利貸幾百萬嘛，哪個傢伙那麼大能耐，連怪物都召喚出來逼我還債了？」

他這人也是乾脆，顧不得詭異重重的現狀，也不敢再遲疑，不假思索的拔腿就逃。自從欠了高利貸後，他研究出來的逃跑方法可是五花八門。但還是第一次躲怪物。

漩渦狀的陰雲恍如上帝的手指，直接從高達十七公里的對流層位置，朝著郭勇一戳而下。不知道有多少人看到了這可怕的景象。抑或這恐怖的天變，只有郭勇一人能夠看得到？

郭勇滿腦袋的冷汗，腦子裡只剩下一個念頭。

快，逃快些！

他加快了速度。離網吧不遠處有一間高中，高中的建築寬廣複雜，是個躲避的好地方。郭勇抱頭鼠竄，衝進了高中，跑到了學校的操場。

操場右側不遠的地方是學校體育館。這體育館才落成不久，是鋼筋混凝土澆灌的結構，不同於三和街道上那些平凡，品質非常不好的建築。郭勇不停地逃竄，他的大腦在這一刻轉得飛快。

體育館背後有一條小巷，只要進了那條巷子，就安全了。小巷只有兩公尺寬，如此龐然大物，肯定擠不進去。

應該吧！

那根碩大手指下降得越發快起來，十七公里的遙遠距離，在那只怪物的加速中，一躍而過，並且在指尖繼續分出了一根更小的手指。

手指對著郭勇的腦袋狠狠按了下來。

他奮力一滾，好不容易才躲開，順利地滾進了體育館的小巷裡。

哪怕小手指的體積小了許多，但仍舊佔據了大半個體育場空間。手指和地面親密接觸後，引來驚雷般的碰撞聲。

「打雷了？」操場上有些早來的晨練學生明顯有被手指撞到，可是並沒有人受傷。一陣狂風吹過，吹得幾個學生東倒西歪。

學生們不明所以，顯然他們看不到天空的可怕景象以及那根巨大的手指。就連被撞到的同學們也只不過爬起來，拍拍屁股，繼續跑步。

死裡逃生的郭勇卻不敢鬆懈。巷子陰森潮濕，充滿寒意。不知為何，他又猛打了好幾個冷顫。心裡那根繃緊的弦繃得更緊了。不好的預感，浸透全身。

「糟了！」郭勇壓抑著內心的恐懼，轉動僵硬的脖子後，一股絕望的情緒油然而生。

那根戳在地上，直徑足有兩百公尺的手指陰影，在抽搐了幾下後，頓時分散開來。更多胳膊粗細的手指分裂出來，猶如無數灰蒙蒙的觸手，朝著郭勇躲藏的方向射來。

「媽的，那東西究竟是什麼，為什麼非得要追著老子跑。」郭勇不斷向後退，眨眼功夫，無數觸手已將他逼到了盡頭。

巷子盡頭就是絕路，再也無處可逃！

難道，就要死了？

不甘心！實在不甘心！在死亡降臨的當口，郭勇心裡湧上了無數的不甘。他還沒活夠呢，他還想離開三和，找一份正式的工作，將糟糕的人生重新來過呢。怎麼會，怎麼會就這麼莫名其妙地被一隻不知道是什麼的超自然生物殺掉了呢。

就在今天早晨之前，他郭勇還絕不承認這違反了物理定律的東西。可他現在，不光是世界觀人生觀毀滅了，就連生命都要被這突然冒出來的東西毀滅。

實在是，不甘心！

就在郭勇絕望，驚惶失措，不認命地瞪大眼睛死死盯著那些致命的觸手時。

他的耳畔，湧入了一個溫和悅耳，卻帶著些傻氣和中二病的聲音：「兄弟，別怕。我救你來了。低頭！」

隨之一陣風吹過，襲擊郭勇的觸手應聲而落。一個穿著紅色披風的男性人影，從體育館上二十幾公尺的高度一躍而下。

一襲紅影。

一襲如血般的紅。

一襲紅色的披風充斥了他整個世界。

在郭勇暈過去的前一刻，那個中二的聲音和襲擊他的觸手打成一片。人影和觸手互相用超自然的力量攻擊對方。披著紅色披風的人影，舉起一本書大喝道：「與其用華麗的外衣裝飾自己，不如用知識武裝自己。」

「啥？」郭勇傻了，那個救他的中二男，怎麼在讀某種他頗為熟悉的語句。更重要的是，那些語句，居然令觸手害怕了。

「當利潤達到百分之十時，便有人蠢蠢欲動；當利潤達到百分之五十的時候，有人敢於鋌而走險；當利潤達到百分之百時，他們敢於踐踏人間一切法律；而當利潤達到百分之三百時，甚至連上絞刑架都毫不畏懼。這就是邪惡的資本主義！」

「啥！啥！啥！」郭勇的頭越來越暈。但他反倒回憶起，大學時學的某些東西。

這是某個人的，語錄？

那個披著紅披風的男人，高舉著手裡金光閃閃的書，如同用聖經驅魔般，大聲喝道：「人類源於動物界這一事實決定著人類永遠也擺脫不了獸性。」

郭勇終於想起來，這個男人嘴裡大聲朗誦的究竟是什麼了。

這是，馬克思的話！

他手裡拿的那本書是——《馬克思語錄》？

這一天，郭勇感覺自己不只是世界觀，就連人生觀都崩塌了！

第一章 三和天空的蟲

最近我過得不太順。

非常不太順。

照例自我介紹一下吧。我叫夜不語，一個有著奇怪名字，老是會遭遇奇詭事件的憂鬱少年。本職是研習博物學的死大學生，實則經常曠課，替一家總部位於加拿大某個小城市，老闆叫楊俊飛的死大叔打工的偵探社社員。

這家偵探社以某種我到現在還不太清楚的宗旨和企業文化構成，四處收集著擁有超自然力量的物品。

最近我過得很不太順，之所以再一次的強調，是因為我的心情，最近都不是太好。非常的不好！

守護女李夢月從昏迷中清醒後，居然甩掉我自己溜了。她準備用單薄的肩膀，將原本屬於我的責任一肩扛下。我重新回到夜村，結果卻沒有等到她回來。她，就這麼失蹤了，將我託付給黎諾依。

依依最近挺開心的，非常的開心。顯然是因為終於能每天跟我膩在一起了。

在夜村老家沒等到李夢月，我只得離開。前些天去了老男人楊俊飛位於加拿大的偵探社要求他幫我調查守護女行蹤的蛛絲馬跡。

「你居然又把大姐頭給搞丟了？」楊俊飛和老女人林芷顏雙雙瞪大了雙眼。

我也瞪大了眼睛，怒吼道：「什麼叫又？」

「上次大姐頭才為了救你被雅心的勢力擄走。好不容易救回來了，現在你又把她給丟了。」六歲多人小鬼大的妞妞還是挺有義氣的，一邊聾聲聾氣的埋怨我，一邊撲到電腦前追查李夢月大姐姐的消息。

話說，怎麼整偵探社的人都被我家的守護女征服了。喂喂，大家都尊尊敬敬地叫她「大姐頭」，卻毫無敬重心的稱呼她的主人我為「喂」或「小夜」，是不是輩分有些太亂了？

老男人楊俊飛撐著下巴沉思：「嗯。大姐頭如此獨立自主的人，雖然無論在哪裡都會鬧出大事情。不過她跟小夜不同，鬧出事情後會自己收尾，不會弄出太大的動靜。小夜你就不一樣，不愛自己擦屁股。」

我那個去，我什麼時候沒有自己把自己的殘局收拾乾淨了。呃……準確的說，確實也有一些事件狀況很複雜，根本沒辦法收拾完整。可那全都是不可抗力。

死女人林芷顏也雙手插在身材極好的腰肢，分析道：「大姐頭雖然現在力量被削弱了很多，但是自保能力還是有的。大約是不需要太擔心她。不過，雅心勢力的目的太神秘了，他們想要從大姐頭身上得到某種東西。可是一次又一次，原本我們以為他們想取得的東西，最終他們都放棄了。」

「這說明，那個勢力，還在籌劃更大的陰謀。想要謀取更大的利益。這個不得不防。所以儘早找到大姐頭，確實是當務之急。」

「但是去哪裡找？大姐頭如果不想讓別人找到她，大概沒人能找得到吧。」老男人楊俊飛愁眉苦臉：「想要挖出她的行蹤，恐怕連小夜也一籌莫展。」

我沉默了片刻。大家也都一同陷入了沉默中。確實，如果李夢月鐵了心想要掩飾行蹤，恐怕沒人能將她找出來。但我沒有信心找到她，卻同樣沒有信心能防止雅心的勢力找到她。

畢竟，我甚至搞不清楚她獨自離開究竟想要幹什麼，也不懂。她說她想救我，想要救夜村，想要盡到夜村守護女的職責。可是，她卻沒有回到夜村。

她到底，去了哪兒？

一旁悶趴了許久的黎諾依，突然想到了什麼，開心了起來。她幫我倒了一杯紅酒，然後挽著我的胳膊說：「小夜，其實不用想那麼多。如果要夢月妹妹自己跳出來，主動找你。實在很不容易，我倒是有一個一定見效的辦法。」

「什麼辦法？」大家都望向了她。黎諾依冰雪聰明，對李夢月這位情敵更是比任何人都了解。說不定她真的有辦法。

黎諾依甜蜜的輕聲說：「我和阿夜，生一個小寶寶就好了。」整屋子的人都撲街了。真難為她臉不紅氣不喘，語氣就像和我生寶寶如同喝一杯白開水一般簡單。

六歲妞妞用力捂住耳朵：「兒童不宜、兒童不宜。妞妞聽不見，聽不見。」可是妞妞捂住耳朵的手，明明留了肉眼可見的縫隙。

倒是林芷顏眼睛一亮：「確實如此，還是女人懂女人。其實你們也不需要到生小猴子，假結婚也能把氣急敗壞的大姐頭逼出來。」

「結婚也可以啊。當然，結婚後一鼓作氣生小寶寶，我也還是有心理準備的。」黎諾依非常認真地點頭：「總之夢月妹妹也將阿夜託付給我了，我就負責到底吧。」

「喂喂，你們討論的時候小點聲。」老男人楊俊飛壓低了聲音，作賊心虛道：「我現在可以去發小夜和諾依結婚的消息了嗎？我管道多，包准大姐頭能看到。」

這些都什麼人，要被守護女聽到了，這偵探社大概會被那個人肉機具在幾秒鐘內拆成廢墟。我苦笑著，咳嗽了兩聲：「你們就過一下嘴巴的癮吧。真讓夢月知道我要和諾依結婚，我一定要拉著你和林芷顏當伴郎伴娘。」

「不要。」楊俊飛和林芷顏臉色頓時大變。到時候發瘋的李夢月大姐頭，肯定捨不得殺新郎，但誤傷還是免不了的。至於誤傷的範圍，大概只有他們兩個伴郎伴娘會重傷躺醫院吧。

大家翻著嘴皮子吵吵嚷嚷了大半天，突然，一直在電腦上查來查去的妞妞聲音發抖地喊道：「別鬧了。哥哥姐姐叔叔阿姨，妞妞，或許找到夢月大姐姐的行蹤了喔。」

螢幕上，赫然出現了一篇論壇的文章。文章的標題是，「三和天空的大蟲，以及救我的英雄。」

兩天後，我離開加拿大去了三和。

黎諾依藉口照顧我，死皮賴臉地跟了過來。

從深圳機場下了飛機後，我租了一輛車，來到了三和。這裡距離深圳市區並不算太遠。這裡也不算偏僻，雖然只是一個村的某個區，甚至只有兩三條街。但是人流卻遠遠比我想像的要多得多。

三和這個地方，在最近幾年非常的出名。之所以出名，是因為一篇文章和一句話撥動了許多網友：

——在三和，有的人想逃離大城市，有的人想逃離家鄉，有的人想逃離工廠，有的人想逃離現實。在這裡，哪怕你有夢想，也不過只是一條鹹魚。

因為一入三和，你就早已經，逃不掉了！

據說來到三和的人，都是有故事的人。我從來沒有來過三和，但卻對這個地方偶有耳聞。所以一進入三和的主街，還算是鎮定。但是黎諾依就有些鎮定不起來了。

「好臭啊。」她捂住了鼻子。看起來還算乾淨的街道上，人極多。每個人都來去匆匆，但是不知為何，四面八方都總會冒出不知名的臭味。

猶如將穿了半年的臭襪子浸入水裡泡了兩天後，又撈出來穿的臭味，如影隨形。但是街上匆匆行人，彷彿沒有人聞到。又或者，他們早已經習慣了。

「三和的街道是乾淨的，因為有地方政府雇傭的清潔工打掃。但是不乾淨的，是人！」我的視線掃了幾圈後，將注意力集中在一棵樹下的鐵質街道椅上。椅子上坐著好幾個人，他們低垂著頭，像是在睡覺。但臉上卻流露出營養不良的慘白。

這幾個哥們，明顯是快要餓暈過去了，縮著身體，穿著還算合身的衣服。但是黎諾依聞到的臭味，明顯就是他們身上傳出來的。

文明乾淨的街道上，居然坐著幾個快要餓死的人，而附近的人流卻對他們視而不見，甚至有一種司空見慣的麻木。這讓我又想起來三和前看過的幾篇關於三和這地方的文章。似乎文章裡，確實說過三和裡存在著這麼一種人。

那些人來三和後，用光了自己帶來的錢，在當鋪抵押了所有值錢的東西，最後賣了自己的身分證。用盡了最後一分錢後，仍舊不願意工作，就那麼坐在三和的街道上，一聲不哼、忍饑挨餓，直到有人可憐他們，買水買食物給他們。

他們不是乞丐，他們只是對人生絕望，躲在這裡等待死亡。

椅子上的三個人，或許就是這種人。

「諾依。幫他們買點蛋糕和水來。」我瞇了瞇眼睛，吩咐身旁的黎諾依。女孩點點頭，跑到附近的商店去買了。

我就站在原地，一動不動地打量這三個人。到底是怎樣的絕望，才能讓人類頹廢成這樣。就連生物最基本的慾望——吃，都被這壓抑住了。他們像是行屍走肉，默默坐在椅子上，饑餓的恐怖也沒有讓他們採取任何行動。他們不偷不搶，就只是坐在那兒，等待饑餓侵蝕他們的一切。

自己看了三人好幾分鐘，這幾個人都絲毫沒有動彈過。閉著眼睛，任由聞到了死亡的蒼蠅，繞著他們轉來轉去。

「吃的來了。」黎諾依急匆匆的離去後，又急匆匆的跑回來。她提著一大袋即食食品。

我摸了摸她的頭，接過食物後，掏出一塊小蛋糕湊到三人的鼻子前不遠處。令人驚訝的事情發生了，原本還閉眼昏迷的三個傢伙，居然在第一時間醒了過來。或許他們根本就沒有昏過去，只是封閉自己一切的感官。

他們唯獨剩下了嗅覺，可以對近在咫尺的食物產生反應。難道這些強人已經無數次在三和的長椅上因為饑餓而瀕死時，得到過救助，所以已經有了條件反射？

果然是三和出大神。恐怕也只有三和，才會出現將身體的極限調適得如此怪異的大神存在。而且類似的大神，絕對不少。

三個人抽搐著鼻子，瞇起眼睛，緩慢地伸手想要抓我手裡的蛋糕。

在他們就要拿到蛋糕時，我立刻把自己的手縮了回來，說道：「想要蛋糕很簡單，回答我的問題。」

三人斜著眼看了我一下，猶如樹懶般同時點頭。

「你們認識一個叫郭勇的人嗎？」我問。

其中一人又點了點頭，並沒有先回答，反而指了指我手裡的食物袋。

「回答我的問題後，這些都是你們的。」我氣得笑起來。大神就是大神，哪怕再餓，都本能的忍住，爭取最大的利益。有如此心氣神大毅力的人，怎麼會流落到三和，淪落到如此悽慘的境地？

「不夠。」那人用沙啞至極的聲音，吃力地吐出這麼幾個字：「食物，和五百塊。」

停頓片刻，他動了動脖子，用盡全力伸出的手在空中轉了轉：「一人五百塊。」

我皺眉：「你們都要餓死了，還在跟我談條件。我可以找別人。」

「一人五百塊，和，食物。」那人固執的堅持。

我從他眉眼裡讀出了意思，這兄弟在立刻餓死和多活幾天再餓死中，選擇了利益最大化的選項。有食物和五百塊，可以多活幾天。如果得不到，他乾脆就今天餓死算了。旁邊的兩人，也是同樣的意思。

況且，他們似乎吃定了我的惻隱之心。

自己撓了撓頭，最後還是沒辦法丟下他們不管。掏出一千五百塊，一人五百後，又將食物放在中間那個人的腿上：「現在可以說了吧？」

三人掏出食物，緩慢地吃起來。中間那人吃力地問：「你要找，哪個，郭勇？」

「這裡的郭勇很多？」我愣了愣。

中間那人「嗯」了一聲。

幸好自己來之前，就已經有所準備了。我掏出郭勇的身分證影本：「就是他。」

「這個人，我見過。」中間那人回憶了一下：「他，通常在沙巴克網吧，最裡邊，最便宜的位置，住。」

「他住網吧裡？」我沒很吃驚。三和不大，但是卻有許許多多的網吧。每一個網吧，都是無數三和大神的家。因為住網吧便宜，五十幾塊一天。吃喝拉撒算下來，節省些，一整天也不過才用兩百塊。

我在手機上定位沙巴克網吧，卻沒找到地址。

中間那人發出難聽的笑：「三和的，網吧，搜不到。沙巴克從這條街，一直走到底。左轉，下坡……」

他幫我指出方向後，不再理會我們，低頭拚命地將食物和水塞入胃部。根本就不管久餓的人不能吃太多。

或許，這些人就連命，都早就無所謂了吧。

「三和好可怕啊。」一路走，黎諾依一路都在回頭看那狼吞虎嚥的三人。可走了沒多久，竟然看到了好幾個類似那三個人的三和大神坐在樹下、椅子上、屋簷下。不同的是樣貌、相同的是餓得奄奄一息的模樣。

黎諾依百思不得其解：「怎麼這個三和不過三條街道罷了，居然有那麼多快要餓死的人。他們都年紀輕輕的，幹嘛就不找些工作養活自己？」

「誰知道呢。三和的大神誰沒故事呢。」我嘆了口氣，沒跟她繼續討論這些垂死的人。一個人都已經頹廢到將自己放棄了，任誰也救不了。

三和聚集了全國甚至國外大部分放棄自己、放棄人生、甚至放棄性命的人。他們每天在網吧廝混。勤快的沒錢了就去附近打一天日結的工，然後快活上三五天。直到厭倦了這種生活，不再工作，甚至不再上網看影片讀小說玩遊戲。

他們每一個來到三和的時候，都覺得自己的人生還有希望，都覺得自己很快就會離開。但是大多數人來了三和，就離不開了。最終成為三和大神，如同腐爛的蠕蟲，等待毫無希望的明天。直到，死亡！

三和，聚集著，這些絕望。

更可怕的是，這些絕望就聚集在深圳這座國際大都市的一隅，可在深圳的三千多萬人卻絲毫沒有人感覺到這深深的絕望。

有人說都市原本就是邪惡的，因為陌生的人與人之間的相互防備，共同將都市，打造成了冷漠和罪惡的聚合物。

我一路順著三和的街道走，看著身旁匆匆忙忙來來往往的人。他們腳步的速度，掩飾不了他們的彷徨。他們就在這條街上走來走去，如同遊戲中的NPC。他們每一天都沒有起點，甚至也，沒有終點。他們瞎忙，他們努力讓自己看起來很忙。其實，整個人都被空虛掏空了，一無所有。

這裡，就是三和。走在三和大街上的人，和可能會變成下一個三和大神的人。

終於，我們來到了沙巴克網吧。難怪自己搜尋不到這間店，網吧就是個黑店。由民居改造的網吧，沒有門面，一張寬兩公尺的捲簾門半拉下來，進進出出，需要人蹲下。甚至就連網吧的名字，都斑駁不堪。要非常努力，才能分辨出字跡。

網吧的內部黑暗無比。屋頂沒有亮燈，只有無數的螢幕映著無數張痲木僵硬的臉。我和黎諾依好不容易才在網吧最偏僻的位置找到了郭勇。

這傢伙正在玩網路遊戲，一邊廝殺，一邊死皮賴臉的哀求團友替他儲值。

「你是郭勇？」我拍了拍他的肩膀。

「你誰啊！」郭勇反應極大，整個人都跳了起來，下意識地就想逃：「媽的，追債都追到三和來了。不是說一到三和，就沒有人找得到我了嗎？」

敢情這哥們是躲債躲到了三和來。

我咳嗽了一聲：「我不是來要債的。我想問你一件事。」

「誰他媽信你啊，要債的哪個不是跟我說自己不是要債來著。」郭勇努力掙扎了幾下，突然抓起桌子上還沒吃完的泡麵，連湯帶水朝我扔了過來。趁著我躲閃的當口，迅速一縮，靈活地從電腦椅上坐起身，眼看就要溜了。

黎諾依眼明手快，逮住機會飛起一腳，用不知從哪兒學來的被稱為「女子防身術」實則是「斷子絕孫術」的絕招，一腳踢在了郭勇的下襠處。

還在空中沒落地的郭勇應聲而倒，痛得臉色慘白，不停地在地上翻滾。

我滿腦袋的黑線，小心翼翼地問：「諾依，是不是狠了一點點？我們和他又沒有深仇大恨……」

「林芷顏大姐姐就只教了我這一招啊。」黎諾依撇撇嘴，一臉無辜，卻將眼神落在我身上。我打了個寒顫，內心深刻無比地再次詛咒起死女人林芷顏。她教壞了守護女李夢月、教壞了小蘿莉妞妞，現在就連我身旁唯一的淨土，乖巧可人的黎諾依大美女，也快要被她黑化了。

我沒敢多說話。身旁上網的諸位三和大神仍舊沉浸在自己的網路世界裡，完全對大聲痛苦嚎叫的郭勇視而不見。我有些看不過去了，拽著抖個不停的郭勇到網吧骯髒的洗手間中。

門關上，世界清淨了許多。

郭勇躲在發臭的地板一角，瑟瑟發抖，如同隨時會被欺負的小媳婦。我忍住想要踹他一腳的衝動，又咳嗽了一聲：「郭勇先生。我有一件事想請教你。」

「哇，我沒錢，真的！」郭勇立刻大叫：「沒錢，真沒錢了。有錢我早就離開這該死的鬼地方了。別打我，真沒了。」

「我們不要你的錢。」黎諾依沒好氣地往前走了兩步。

郭勇嚇得叫聲更加悽慘，「哇，小姐姐。我那地方都碎了，兩顆都一起碎了。別打我了，求求妳。」

黎諾依氣得笑起來，黑沉沉的小臉，似乎隨時都會爆發。她第一次遇到如此沒用的人物。沒用就罷了、沒種也罷了，居然還如此恬不知恥。這女孩完全忘了，明明是她先踢了人家的重要部位，讓他造成了一輩子的心理陰影。

我將黎諾依拉到了背後，乾脆俐落地掏出了一疊鈔票，輕輕放在地上：「錢，想要嗎？」

郭勇眼睛直了，下意識地點頭。

「相信我們倆不是來要債的了吧？」我又問。

郭勇點頭點地更用力了，也沒那麼怕了：「信了。要債的怕是不會給我錢的。」

「那就好談了。」我儘量放鬆語氣，掏出手機，將名為《三和天空的蟲，和救我的英雄》這篇文章找了出來，「這是你寫的？」

郭勇眼珠子轉了兩轉，斬釘截鐵地搖頭：「不是。」

我又抽出幾張紙幣，放在地上：「究竟是不是？」

「是。」郭勇眉開眼笑：「當然是我寫的。」

「很好。」我也笑了：「能詳細的描述一下你那天的遭遇嗎？」

「我的遭遇，自己在文章裡已經寫得很詳細了。」郭勇說到一個禮拜前發生的事情，立刻激動起來，手舞足蹈、口水四濺：「我當時就是從這個網吧睡醒後，屙了一泡尿。錢用完了想趁早上去找個一天結算的零工賺點生活費。沒想到一出門就感覺不太對勁兒！」

郭勇詳細地將自己的經歷講了一遍，他描述了佔據整個三和天空，像蟲子般的外星人。那東西只有他能看到，而且不知為何想要致他於死地。

還有救了他的英雄。

內容和他文章裡寫的東西一模一樣，沒有什麼值得特別在意的。

我聽完後，沉吟了片刻：「那個英雄，是男性還是女性？」

「男的，應該比你大不了多少。」郭勇對此印象深刻，根本不需要回憶：「他很厲害，能從十幾公尺高的地方跳下來毫髮無傷，還能和巨大的蟲打成一片。甚至還勝利了。不過，那兄弟蒙著臉，我看不清楚模樣。而且，說話，似乎有些中二病。」

我摸了摸下巴後，皺眉，和黎諾依對視了一眼。

「是男性，那他肯定不是李夢月假扮的。」黎諾依湊到我耳邊，小聲說。

我嘆了口氣，有些不死心，轉頭繼續問郭勇：「那位英雄，救了你之後，去哪兒了？你知道他的去向嗎？」

「不清楚。」郭勇不假思索的回答，速度甚至比思考還快：「他救了我之後，就離開了。」

「你說謊。」我直愣愣地看著他：「實話實說。」

「我說的是真的啊，兄弟。」他嘴硬道。

我再次掏出幾張大鈔，放在了錢堆中。

郭勇眼睛一亮，仍舊搖頭：「哼，別以為一些臭錢，就能讓我透露救我的英雄的下落。誰知道你們是不是壞人，是不是想要傷害他。」

看來這傢伙確實是知道那位英雄的下落。我咧嘴一笑，手伸入懷中將錢包掏了出來。郭勇笑意更深了。但是他臉上的笑只維持了幾秒鐘，就震驚地瞪大了眼。

我沒有繼續掏錢，反而從地板上慢悠悠地抽了幾張大鈔，放回自己的皮夾裡。

「你、你怎麼能這樣！」郭勇喉嚨顫抖，聲音裡帶著哭腔。

「究竟說不說？」我慢吞吞地將手再次伸入了地上的錢堆，準備抽走一半。

郭勇的意志和義氣崩潰了：「我說，我說。兄弟，你別再拿走我的錢了。」

他將地上的錢全拽在手心裡，愁眉苦臉垂頭喪氣地出賣起救他的英雄來。果然，他是知道英雄去了哪裡。那天那個有中二病傾向的英雄救了他之後，並沒有離開，只是很好奇地打量他。

並奇怪地問了他，一句話！

一句令他驚悚不已的話！

第二章 英雄守護的城市

「你看得到，那隻蟲？」

英雄的打扮很古怪。他年紀輕輕的，卻戴著紅色面具，穿著紅披風，脖子上繫著紅領巾，踩著解放牌布鞋。紅色的內褲套在緊身褲外。

英雄上上下下打量了郭勇幾眼後，饒有興趣地說：「我還以為，只有我能看到。」

「那是蟲？」郭勇有些驚訝，但那驚訝絕對不是因為恐懼，而是彷彿帶有一些對常見事物被命名之後的熟悉。

「看來，你也是個有故事的人。」在這所高中體育館暗無天日、陰沉無比的骯髒小巷中，英雄手一揮，一股旋風將一塊凸起石板上的垃圾吹飛，露出了還算乾淨的表面。

英雄隨意地坐在了石板上，遮蓋在紅色拉風面罩下的臉，露出了對郭勇產生興趣的表情：「來，喝一罐飲料，講講你的故事。」

郭勇隨手將飲料接過來，拉開拉環，一飲而盡，「我不是個有故事的人。」

說不害怕絕對不是真的，但最令郭勇恐懼的是，他看到的東西，以及這位突如其來的英雄。他為什麼會看得到那些怪物？他稱呼那些怪物為蟲，難道，他，也是從那個地方來的？

如果英雄真的來自於那兒，那麼，那些傢伙，會不會追著他來？不行，或許三和，也已經容不下他了。

「你看得到那些蟲，而且那些蟲還對你有興趣。」英雄笑咪咪的，雖然音調依然中二，但是卻無比的認真：「大兄弟，我不信你是天生就能看到那些蟲。你憋得也夠難受了，告訴別人，別人也不相信。兄弟我可以當你的聽眾喔！」

英雄的聲音淡淡的，但是郭勇的直覺告訴他，如果不將看得到所謂的蟲的原因講出來，說不定自己今天就走不出這條小巷了。

「罷了，罷了，也不是什麼見不得人的故事。」郭勇擺擺手，長嘆一口氣，只得講述起自己埋藏了許久的事。

每個人在落魄前，都有故事。一直都落魄的人，不會覺得自己落魄，只會認為自己混得不好。只有前後生活有落差的人，才會有落魄的想法。人一旦落魄了，不同於小說電影裡爽快地逆襲，極少有人能回到正軌。

郭勇就是普羅大眾的落魄者之一。想一想，兩年前，他根本就沒那麼慘。他也瀟灑過。郭勇是正經的大學生，大學畢業後有過工作。也曾正經的結婚。本來平平淡淡的生活，因為一件事中斷了。

他在某座城市附近的祖屋拆遷了，作為唯一的繼承者，一夜之間郭勇分得了十多間，總價值數千萬的房產，以及數額不菲的拆遷款。

一夜暴富的郭勇自我膨脹了，他辭職了，每天遊手好閒。妻子一開始沒管他，畢竟拆遷分得的財富很多，妻子以為一輩子都用不完。

人一閒，又有錢，浪了一圈什麼都玩過後，郭勇逐漸失去了生活的衝勁。但是他當初太單純了，沒想到世上還有那麼多騙子圍繞著這些一夜暴富的拆遷戶設局。他身旁不知何時圍繞起一群狐朋狗友，他們一步步的引誘他陷入毒癮裡。

剛開始贏了一些小錢，之後便是無止境的輸下去。半年之內，他輸完了拆遷款，賣光了房產。等清醒過來時，就連妻子都和他離婚了。

他的生活陷入了地獄。

但是染了毒癮的賭徒，總認為自己能從賭博上贏回來。他開始借高利貸賭博，一次又一次，欠下了巨額賭債。

他認為這樣已經是人生最低潮了。但是哪想到，地獄十八層，並不是地獄的最底層。還有更可怕的事情在等著他。

每一個被拆遷的村莊附近，都有地下賭場。這些地下賭場以榨乾拆遷者的財產為目的，為了躲避員警，一直都建在最偏僻的地方。

郭勇爛賭的地下賭場，就在一片亂墳崗附近。那一天他再次輸了個精光，被放貸者威脅再不還錢，就要卸掉他一隻手臂。

他暈乎乎地被趕出賭場後，如同行屍走肉般遊蕩在亂墳崗裡。他又渴又餓又累，走了許久，實在受不了了。

夜晚的亂墳崗，起了一層薄薄的霧。死寂的空間中，除了那些孤立的長滿雜草的墓碑外，什麼都沒有。

郭勇走了很久，現在想來，那天縈繞在亂墳崗的霧氣肯定有問題。無論他怎麼走，都走不出那片不算太大，而且已經走了無數次的亂墓。

就在他開始害怕時，突然看到黑夜的霧氣中閃過一絲火光。火光就在不遠處，像是兩個橘紅的小亮點。

郭勇精神一振，奮力走過去。結果居然看到了令他驚訝的一幕。

只見在那荒草叢中，一塊爛掉半截的破舊墓碑前，燃著兩根蠟燭。蠟燭很詭異，竟然是紅色的。誰都知道，祭拜死人用白蠟燭。洞房花燭夜，才會點紅蠟燭。可到底是誰，將紅蠟燭點在了墳前？

最古怪的是，還有祭品。九碗九碟，十八種食物。碗碟都不大，幾乎是正常人兩小口的量。

「媽的，誰在惡作劇？給死人辦喜酒？」郭勇低頭湊過去看了看，嚇了一大跳。這果然是喜酒。九碗九碟裡，裝的全是本地用來辦喜酒的材料，竟然還熱騰騰的，靠得近了，一股股的香味直衝進他的鼻子，誘人得很。

郭勇的肚子不爭氣的「咕嚕」了幾聲。他瞅了瞅四周，周圍一個人都沒有。食物明明還是熱的，那就意味著，那些來亂墳崗辦喜酒的人，才走沒多久。

怪得很。是誰這麼無聊？

郭勇又瞅了瞅這半截墓碑。墓碑斑駁不堪，墓上的土推被風吹日曬削平了不少，亂草長滿墳包，在風中不停搖曳。那亂草又黑又黃，活像是一個個張牙舞爪的草人，悚人得很。

他不由得打了個冷顫，越發的怕了，就想儘快離開這兒。可是郭勇又實在太餓了，被墳前的食物引誘著，挪不開步。

「兄弟，美女。你的東西分我一點，等我有錢了，我就買了好酒好菜還你。」郭勇最終還是頂不住誘惑，坐到了墳前。

半截墳不知道有多少年的歷史，表面上的字跡早已被歲月磨平，看不清楚了。喜酒宴席的酒菜安安靜靜地擺放在墓碑前，兀自揮發著香味和蒸汽。

郭勇嚥下一口饞口水，顫顫巍巍地拿起筷子夾了一口雞肉，吃進嘴裡。味道實在太好了，不知是不是因為饑餓的原因，他似乎這輩子都沒有吃過如此好吃的雞肉。迫不及待地嚥下後，郭勇的五臟廟就打開了氾濫的缺口，吃得一發不可收拾。

風捲殘雲地將墳前詭異的喜酒宴吃完，還端起一杯用紅色的喜酒酒杯裝的酒後，郭勇還意猶未盡。他挪了挪手，想要將另一杯酒也喝乾淨。

就在這時，他整個人都僵住了，冷汗，不停地從額頭冒出來。

這怎麼回事？喜酒明明是兩杯，紅色的酒杯也有兩個，剛剛還並排地放在一起。他郭勇明明只喝了一杯，可另一隻酒杯，卻不在原地了。

郭勇轉動僵硬的腦袋，視線好不容易捕捉到了另一隻酒杯的位置，頓時又是大驚失色。

只見那只紅色喜酒杯赫然放在墓碑上。怎麼可能，他明明碰都沒有碰過那只杯子，杯子怎麼會離開自己的手邊，跑到半截殘墓上去了？

「不，不可能！」郭勇打了個寒顫，他鼓起勇氣往杯子裡看了一眼。杯子空蕩蕩的，剛剛明明還有酒液的。可酒，現在竟然已經沒了。

酒，被喝了。

被誰喝了？

「我操，有鬼哇！見鬼了！」郭勇嚇得魂都沒了，拔腿就逃。跑著跑著，霧竟然散了。他跑回家。當晚就發了高燒，躺了好幾天，大半個命都差點被高燒給燒掉。一個多星期，他的病才全好。本來這傢伙想要痛定思痛，找個工作好好幹，重新再來，做個回頭的浪子。

但是生活總是往上容易往下難，一旦過了揮霍無度的生活，再去賺少之又少的工資，他幹了一段時間就懶散下來，最終被老闆辭退了。

生活仍舊沒有轉變，況且賭癮也沒那麼好戒掉。郭勇最終重新回到了亂墳崗深處的賭場。見鬼的是，他的手氣異常的好。一直贏一直贏，贏了不少。

在他欣喜若狂以為自己終於能夠鹹魚翻身時……

「生活就是給了你希望，最終卻讓你看到滿是骯髒屎尿的屁股。」郭勇在網吧裡用力抽了口手中的劣質煙，吐出了好幾個煙圈：「之後的事情就很老套了。賭場懷疑我出老千，追殺我。他們搶走了我贏得的所有錢。我好不容易才逃出自己的故鄉，一路輾轉流浪，最終留在了三和。」

「其實，現在的生活也挺好的。有人說我們頹廢沒有希望，其實，離開了這兒，才是真正的沒有希望了。」

聽郭勇講到這裡，我和黎諾依對視了一眼，沒有吭聲。

「英雄聽了我的故事，對我的家鄉似乎很感興趣。他問了我詳細的地址後，有些驚訝，甚至似乎明白我為什麼能看到那些蟲子了。」郭勇繼續講道：「我也問過他一些問題，但是這個中二青年什麼也沒告訴我，就是在那兒傻笑了幾下。」

「總之，我對這些也不是真的感興趣，其實自從喝了那墳前的喜酒後，我期間也隱約看到過些古怪的東西。我不認為那些是鬼或者幽靈，我不信這些。但是，世間確實有些東西，是人類平時看不到，甚至察覺不到的。那些東西，其實就一直都潛伏在我們周圍。」

「說得挺有哲理的。」黎諾依撇撇嘴。

郭勇嘿嘿笑了兩聲：「別瞎聽我講，其實這番話也是聽那英雄臨走前說的。他沒跟我混多久，就幾分鐘時間，之後彷彿就感應到了什麼似的，火燒屁股地離開了三和。」

「這樣啊。」我摸了摸下巴：「他之後去了哪兒，你有沒有聽他提起？」

「沒有。」郭勇斬釘截鐵地搖頭。

「那行，打擾了。諾依，我們走吧。」我皺著眉頭，心裡思緒萬千。不知為何，自己總覺得這件事裡透著古怪。我有一種想要快點離開這個陰暗網吧的迫切感。

「咦，喂喂。等等。你們這樣就走了？」見我們要走，郭勇連忙站了起來，大喊大嚷：「你們真不想知道那位英雄去哪兒了嗎？」

我轉頭，盯著他的眼睛：「你不是不知道他的去向嗎？」

「我確實是不知道啊。」郭勇倒是沒說謊。

「有話就直接說，不要吞吞吐吐的。大家都很忙，好嗎。」黎諾依不高興了，上上下下打量了他幾眼，嚇得這傢伙反射性地將自己的下體某處往後縮。

「我是實實在在不知道那位英雄的去向。」郭勇嘿嘿的笑得很犯賤：「但是，我知道他的大本營在哪兒。你們要是想要我這個資訊的話，願意出多少錢呢？」

我笑起來：「那就要看你的這條資訊，到底值多少錢了。」

幾分鐘後，我們離開了那家臭氣熏天，空氣不流通的黑網吧。

走在路上，黎諾依和我相視一笑。

我的手裡，捏著一罐已經喝空，但是卻保存得很好的易開罐。

「阿夜，你幹嘛那麼急著離開？」離開網吧很遠後，善解人意的黎諾依這才開口問我。

「是網吧不對勁，而不是郭勇這個人？」冰清聰明的她，立刻抓到了重點：「你認為郭勇告訴我們的事，有多少可信度？」

我皺了皺眉：「那個網吧給我的感覺，有些不太對勁兒。」

「不高，也不算低。他隱瞞了許多自己的事。不過他本身的故事，我倒是一點都不感興趣。就是不知道為什麼，他似乎希望我們去找那位所謂的中二英雄。」我摸了摸下巴，猶豫道。

「確實如此，他一直都在宣揚英雄的故事。這和他的性格，似乎有些不太符合。那個英雄救過他，作為受益者，應該稍微有些感恩心才對。」黎諾依眨著大眼睛：「但是這個郭勇，根本沒認真確認我們跟救他的英雄是不是敵對關係，就一股腦地將咱們要求和沒要求的資訊全都透露了出來。」

我點頭：「這就是我最困惑的地方。我沒有感覺到他的惡意，無論是對救他的英雄，還是我們倆。他似乎只是對任何事情都無所謂罷了。但是，我個人認為，他郭勇，應該也不是什麼簡單的人物。他跟我們聊到的自己的故事，恐怕也全都是假的。」

黎諾依認同的也點了點頭：「根據郭勇的描述看起來，這位有中二病的英雄應該和李夢月妹子沒關係咯。我們回去了嗎？」

「至於有沒有關係，現有的資訊不足，我無法判斷。至少要親眼看看那英雄一眼，我才能死心。畢竟那位英雄有許多方面和夢月的能力重合。蠻力、跳躍能力……」說到這裡，我停頓了一下，沒有再多說下去。

反而將手裡的空易開罐抬了起來，突然笑了。

「這個易開罐倒是挺有趣的。」我慢慢地觀察著，這個空易開罐確實非常的有趣。這並不是一個主流的易開罐，如果仔細看過的話，就不難理解，為什麼郭勇會鄭重又鄭重地將它收藏起來了。

黎諾依好奇地打量著我手裡的易開罐：「我是看不出這個易開罐有什麼奇怪的地方。不就是一瓶普普通通的可口可樂嗎？我就奇怪了，你幹嘛要花大錢買。」

「仔細看清楚，這可不是什麼可口可樂的易開罐。」我笑得很神秘。

女孩上上下下將易開罐看了個遍：「紅色的鋁合金罐子，標籤什麼的明明都是可口可樂家的嘛。嗯，不對，咦，咦咦。那個口字好像有些不太對！」

黎諾依皺了皺眉頭：「可O可樂？」

「不錯，那個『口』字有點圓，絕對是故意寫成方形的字母O。」我點頭。

女孩啞然失笑：「居然是一瓶山寨貨。做得太真實了，把我都給騙了。」

「誰能想得到呢，明明是一個很威風的英雄，居然會隨手掏出一瓶山寨可口可樂給別人喝。這反差也太大了。」我摸了摸下巴：「看來現實生活中，這位英雄也不富裕。」

「屌絲英雄？嗯，確實很符合現代社會大多數人對英雄的定義。親民，明明有力量，卻不用自己的力量為自己謀利，甘願忍受貧窮，也要默默地在貧窮中守護著別人的安全。」黎諾依簡要地給那位中二病英雄畫了性格畫像。

我不置可否：「誰知道呢。人性太複雜了，沒有無緣無故的愛，也沒有無緣無故的恨。擁有大愛的就是英雄，但英雄本能，其實就是一個擁有不完整性格的人。性格完整的人類，會恐懼，有欲望、本能的不願意當英雄。」

「你把人類說得太齷齪了。」黎諾依不太贊同。

我聳了聳肩膀，沒有在這個話題上爭論：「所以我剛剛才跟妳說，郭勇是個有故事的人，他的故事，遠遠沒有他講的那麼簡單。聰明如妳，第一時間也沒看出這罐可口可樂是山寨貨。但是郭勇看出來了。這個善於觀察的傢伙不但看出來了，他還清楚這個山寨可樂罐的價值。」

黎諾依被我一提醒，倒吸了一口涼氣：「你的意思是說，他早就知道有人會來找那位英雄？」

我緩慢地搖頭：「不止如此。遠遠不止。他恐怕是故意在網上發文，講述自己遇到英雄的情況。他設了一個局，讓對英雄感興趣的人找來。最主要的目的，就是高價賣這個易開罐。」

「不過是個山寨易開罐而已，難道還能確定那位英雄的位置？」黎諾依不以為然。

我笑道：「恭喜妳，答對了。」

「還真能！」女孩吃了一驚。

我用手指輕輕地在山寨易開罐上叩了幾下：「雖然以前國內是山寨大國。但現在山寨貨在大城市已經沒有市場了。沒有市場的貨物，自然會消亡。類似這種山寨品，最後能生存的地方，肯定是偏遠小城市附近的村子裡。而且，因為成本原因無法遠銷。」

黎諾依恍然大悟：「這是不是意味著，只要查出了這瓶可O可樂真實的生產地，就能找到英雄長期出沒的大本營？」

「雖然也有其他可能，但中二英雄的居住地和活躍地點，十之八九就在這瓶山寨可樂生產地。」我撇撇嘴：「現在只需要利用老男人楊俊飛的資訊網路，追查一下位置就簡單了。」

利用老男人的偵探社追查一個山寨貨物的真實生產地的確是小事一件。位置也確實很快就找出來了。

但是當我真的看到那個位置時，整個人，都呆住了！

第三章　狗窩鎮

有句古話這麼說：合抱之木，生於毫末；九層之台，起於壘土。

但並不是所有的高臺，都會壘土。有的高臺，不打地基，也能聳立千年。甚至有些城市，看上去總覺得沒有任何希望，死氣沉沉，甚至有時候你都搞不清楚那個地方有什麼產業，支撐人們活著，延續後代。

可偏偏那些城市，哪怕資源耗盡，哪怕毫無支撐人口的根基。但就是能夠如同野草般，拚命地活著，存在千年。

狗窩鎮就是這麼個，近乎奇跡的地方。

我和這個城市頗有一段淵源，所以當自己看到這個位置時，驚訝了許久。畢竟，這個狗窩鎮和我被誘騙去的那家瘋人院相隔不遠。讓人當成瘋子關在瘋人院裡，拚命努力尋找任何逃脫機會的事，絕對沒有電影裡演的那麼浪漫。

（詳情請參見《夜不語詭秘檔案602：邪異瘋人院》）

別覺得狗窩鎮這名字聽起來挺古怪的，彷彿是什麼人隨便杜撰的地名。可它確確實實存在。擁有稀奇古怪地名的地方多了去了，不差它一個。可是，別的地方，絕對沒有它那麼富有傳奇性。

這個鎮在幾千年前就存在了，荒涼、貧瘠，位於西安黃土高原深處的一隅。那裡沒有足夠的土地養活生活在那片土地上的人，但是人被逼急了，總會找出活路的。兩千多年前，他們開始飼養狗，肉狗、戰狗、鬥狗，無論是擺在餐桌上的、賭博用的、還是戰爭用的。

只要是狗，有人買，他們就養。

一代又一代人，靠著養狗艱難的生存，最後形成了一個城鎮。也因為那個城鎮裡狗比人多，所以得名狗窩鎮。這個名字，至少也有兩千多年的歷史了。

或許是和狗待久了，狗窩鎮的人也特別能生。無論戰爭時期還是和平年代，狗窩鎮的人總能增長，所以城市也在滋長。

更多的人需要生存，就要養更多的狗。如此不斷迴圈，生生不息。

扯遠了。總之，狗窩鎮天高皇帝遠，經濟條件也不好，確實是讓山寨產品有市場的溫床。

可O可樂的生產地，就在狗窩鎮狗家村一組內。

我一邊用手機訂最近飛去西安的航班，一邊跟黎諾依解釋狗窩鎮的故事。

女孩聽了之後，用手指抵住嘴唇，大感有趣，「我以前也常常聽說有些地方的地名挺古怪的，例如什麼三隻土雞村啊、高潮村啊。對了，北京遠郊還有叫珠窩村的。現在我的見識升級了，覺得狗窩鎮聽起來也滿能接受的嘛。可，那位英雄，幹嘛千里迢迢從陝西偏遠深處的小城鎮，來到深圳的三和呢。隔了快三千公里遠吧？」

「現在我們知道的很少，總之，先去會會那位古怪的英雄再說。」我倒是沒想太多。

當晚，我們就搭上了飛往西安的飛機。

這一去，誰都沒想到，竟然一腳踏入了完全難以相信的，深邃漩渦中！

□

從西安機場走出去時，已經凌晨。入秋後的天空，剝去了夏日的藍，逐漸開始散發出陰霾的氣息。走出機場的旋轉門，黎諾依就猛地打了個噴嚏。

我抽了抽鼻子，很是感慨：「上次來西安已經是好幾年前了。當初在那家瘋人院待了不短的時間，至今都還有心理陰影呢。」

「我聽你說過那件事。但是最終的結果，似乎滿撲朔迷離的。」黎諾依看過那個案子的備忘錄，哪怕她看完後，仍舊覺得不可思議。

何止是她，就連我，對那個案子也有許多無法理解的地方。輪回精神病院在我離開後，就被拆除了。不久前自己還刻意搜索過它的資訊，最終一無所獲。現在想來，那家瘋人院大概至今也還在某個地方存在著。精神病院背後也有著某個神秘的勢力，在暗地裡繼續做些見不得人的勾當。

其實，我對那位郭勇口中的英雄，並沒有太多的興趣。但是想要找到棄我而去的守護女，就必須要嘗試任何的可能。

畢竟，她，若是想要有意躲避我，那真的是太難逮到了。

我和黎諾依有一搭沒一搭地相互說著沒營養的話，在機場附近租了一輛車後，準備開車前往。在手機導航上看了看，狗窩鎮離西安大約六百多公里遠，沒有直達的高速公路。其中一百多公里，需要走縣道。

黎諾依先開車，我取出電腦在狗窩鎮的當地論壇搜尋線索。本以為會大費周章的，沒想到，論壇上有大量的資訊湧出。多不勝數，全都是關於，那位英雄的事蹟。

我看了幾個後，頓時哭笑不得！

這個英雄，似乎真的擁有某種超自然的能力。但是除了非人的力量之外，他，完全就是個缺心眼青年！

但其中一個人寫的文章，卻讓自己一點都笑不出來了。甚至有種毛骨悚然的感覺。

「狗窩鎮，不太平。最近幾年一直都不太平。」

這是一個自稱二十二歲有為文藝女青年，文章中的第一句話，描述的自己的故鄉。

「可是真的等到了那種不太平落到我頭上的時候，我才知道，原來太平生活，其實比一切都美好。」

饒妙晴的故事其實挺簡單，但是過程，卻曲折無比。甚至令我有些難以置信。

她是土生土長的狗窩鎮人，住在鎮東邊的一棟破舊小樓內。那棟樓大約六層樓高，樓齡超過了四十年。

饒妙晴他們一家四口，住三樓。

最近她老是在做一個奇怪的夢。她夢見，有什麼東西，透過窗戶在朝裡邊望著她。那視線惡毒無比，彷彿下一秒，就會伸出長長的爪子，將她大卸八塊、讓她粉身碎骨。

每一次，饒妙晴都會從這場噩夢中驚醒。她張大眼睛，不停大口大口的喘息，雙眼一眨不眨驚恐地看著窗外。

窗簾外，只有寂靜的風，從三樓颳過。自然什麼也沒有。

饒妙晴不明白為什麼她會不停做同樣的夢。那個怪夢並不是每天都會出現，但是，一周總有兩天，會準時地將她驚醒。

就這樣隔了半年後，她實在忍不住了，在一次和媽媽獨自吃晚飯的時候，要求換房間。

媽媽盯了她一眼：「為什麼？咱們家可沒那麼大的空間。」

「可在那個房間裡，我老是做噩夢。」饒妙晴將自己的夢詳詳細細地講了一遍。

本以為媽媽會不以為然，可當她抬頭的時候，卻驚訝地看見自己母親舉著筷子的手凝固在了空中。媽媽一動也不動，瞪著大眼睛，眼神裡全是恐慌。

「原來，原來妳也做了和我同樣的夢。」許久，媽媽才回過神來，但言語中仍舊有止不住的驚駭。

饒妙晴大驚失色：「原來媽媽也做過那個夢？」

母親緩慢地點了點頭：「妳是從什麼時候開始做那個夢的？」

「自從半年前搬進了東面的小房間之後，每週兩次，一定會做那個噩夢。」饒妙晴說。

媽媽猶豫了一下，「有時候我晚上睡不著，又怕打擾到妳爸，就會到那個房間去睡。我記得只要是週二和週五，在那個房間睡，就一定會做那怪夢。」

饒妙晴臉色煞白，「對，對。就是禮拜二和禮拜五晚上，噩夢就會例行來訪。難道是那個房間，有問題？」

「那個房間，原本是妳爸的書房。」媽媽突然明白了什麼，猛地打了個寒顫：「妳爸半年前才退休。而妳爸退休前大部分禮拜二和禮拜五晚上，都會在書房裡加班。加班太晚，就會睡在書房中。可我從來沒有聽說他，做過什麼可怕的夢。」

「但是爸爸已經去世半年了。難道……」想到這裡，饒妙晴感覺一股股惡寒從腳底爬上了脊背：「難道，夢中那個在三樓窗外窺視著我們的東西，看的並不是我和媽媽。而是，爸爸？」

「妳爸以前就說過，自己的靈感強，可以看到別人看不到的玩意兒。他就是靠這神秘兮兮的鬼故事把老娘我騙到手的。現在想來，說不定，他是真的看得見。」媽媽飯也吃不下了，她走到父親的遺相前，不停地來回走：「說起來，妳爸死得挺莫名其妙的。」

提到父親的死因，饒妙晴有些黯然。父親一輩子都很苦，他經常忙工作。好不容易退休了，但沒享幾天福，就失蹤。半個月後才在一條山溝中被人找到，身上全是被咬的痕跡。法醫說是野狗咬的，但狗窩鎮的人誰家不養狗、不瞭解狗？

父親身上的咬痕，根本就不是狗。至於是什麼生物，沒有人看得出來。

母親越發不安了，她踱來踱去，不知又想到了什麼。突然又道：「妳還記得起妳哥小時候，讓妳嚇到的事情嗎？」

饒妙晴愣了愣後，本來就不好的臉色，頓時更慘白了。她想起了許多年前，發生的那件更可怕的事！

事情發生在她高中寒假裡的某一天。

傍晚時，饒妙晴玩夠了回家，發現哥哥一個人坐在父親書房寫字臺邊的椅子上，鐵青著臉直直地盯著前方。

直覺告訴女孩，哥哥分明是看到了什麼可怕的東西。但是她順著哥哥的視線望過去，卻什麼也沒有發現。

「哥哥，你在看什麼？」窗簾在窗戶前飄蕩，三樓外空蕩蕩的，什麼都沒有。可哥哥的視線，卻凝固了，充滿恐懼，完全不移開。饒妙晴不由得開口詢問。

與她不同，哥哥更像爸爸。老爸常說自己能看到別人看不到的東西，哥哥似乎遺傳到了這一點。

饒妙晴發現哥哥的視線 眨不眨地看著某個地方，已經很多次了。很小的時候，和爸爸一起去山裡抓甲蟲，哥哥也是像這樣鐵青著臉，面無表情直愣愣地盯著對面山腰說：「山上有個怪東西，在看著我們呢。」

然而，那裡並沒有任何奇怪的玩意兒。

但是爸爸卻拍了拍哥哥的腦袋，嚴肅地說：「不要讓它，注意到你。」

也許越是看不到的人，越對恐怖的話題感興趣。饒妙晴早就很好奇了，上次山裡開口詢問的時候，還被爸爸重重教訓了一頓。她第一次見父親發那麼大的火。

這一次在書房裡又見到了哥哥那恐懼的表情，女孩決定不錯過這次機會，「那裡有什麼嗎？」

哥哥打了個哆嗦：「沒有，什麼都沒有。」

饒妙晴不死心：「屁啦，哥哥，你絕對看到了什麼我看不到的東西。」

哥哥像個火藥桶般爆發了：「都說，我什麼都沒有看到了。」

「你肯定看到了。」饒妙晴倔強應道。

哥哥突然臉色又是一變，這一次，臉驚惶失措到扭曲起來：「別說話！」

他一把捂住了她的嘴。

哥哥捂得太緊了，饒妙晴甚至沒辦法呼吸，只能發出破碎的嗚嗚聲。哥哥的視線在房間裡到處亂竄，似乎有什麼東西，就在書房中不停遊蕩。最終，哥哥的眼神，落在了她，的背後。

「別說話，別呼吸。」哥哥害怕極了，他的聲音在發抖，他的心跳飛快，他的額頭上不停地湧出冷汗。

分明看不見任何怪異東西在房間中的饒妙晴，就在剎那間，似乎也察覺到不對勁兒了。她覺得彷彿真的有什麼在她身後，她的肩膀一沉，有什麼滑膩的沉重物件，壓在了她身上。

什麼東西？到底是什麼東西？

饒妙晴不敢動彈，她拚命地轉動眼珠子，使勁兒的想將壓在肩膀上的玩意兒瞅清楚。可是，她仍舊什麼也沒看到。明明肩膀上什麼也沒有，但是沉重的感覺，卻蔓延全身。

她和哥哥兩人就那麼僵硬的站在原地，一動也不敢動。直到許久之後，哥哥才長長地舒了口氣，將她放開。

「好了，已經走了。」哥哥喘著粗氣，一屁股無力地坐倒在地板上。

饒妙晴渾身發涼，不知所措：「剛才，真的有鬼？」

「我不覺得那是鬼，這世界上，也不可能有鬼。」哥哥搖了搖腦袋：「但我看不清是什麼。只知道，有某些別人看不到的東西存在於這個城市的大街小巷。爸爸和我，都能看到。」

女孩仍舊在害怕，分明想要說些什麼、問些什麼，卻遲遲都開不了口。

「別問了。問了也沒用。還有，當以後我看到別人看不到的東西時，不要跟我說話。」哥哥一臉嚴肅：「妳知道嗎，剛剛妳問我是不是看到了什麼的時候，那東西也聽到了。它飄到了妳背後，我覺得，它，想殺了妳。」

一股更洶湧的惡寒，流淌滿饒妙晴的全身：「它，還能殺人？」

哥哥「嗯」了一聲後，沒有再多說話。從此也再也絕口不提這件事。但是饒妙晴卻實實在在被嚇到了，她這時候才發現，自己感覺被什麼東西壓住的那只肩膀上的衣物，被某種腐蝕性的物體燒穿，甚至燒掉了她一整塊皮。

直到現在，她肩膀上還殘留著那塊灼燒的印記，沒有恢復。許多年過去，本以為這件事已經淡忘了，現在，卻以另一種形式，回到了自己的生活中。

「要我，打電話給哥哥嗎？」從花樣少女變成文藝女青年，過了六年時間。從頭看，饒妙晴覺得自己對那件恐怖事情的恐懼程度，仍舊沒有絲毫減少。她也是從那之後再也不看恐怖電影和漫畫、甚至不談鬼故事。

但是，誰知道最恐怖的東西，其實，一直都留在了她的家中。一直和她，近在咫尺！

「先不要。」媽媽擺擺手：「先別打擾妳哥。妳哥最近工作挺忙的。」

哥哥大學畢業後就到西安工作去了，一年也回來不了一趟。他似乎不怎麼想回到這個家，甚至不想回到狗窩鎮。

做了好幾次那可怕的怪夢後，以前總埋怨哥哥鐵石心腸的饒妙晴，現在有些明白了。一個正正常常的人，誰又願意，和家裡暗暗潛伏的怪物整日廝守呢？

「那我們現在怎麼辦，搬家，還是去寺廟裡找個和尚驅鬼？」女孩有些消沉地問。

媽媽搖頭，「搬家，我們家狀況不好，還有一個在家裡吃白食不願意出嫁的女兒。能搬去哪兒。何況，這一切都只是我們的猜測而已。」

媽媽繼續在家裡踱步，走著走著，突然想到了個主意：「要不，今晚我們一起在妳爸的書房睡一覺。正好，今天就是禮拜二。如果我們相安無事的話，就證明只是胡思亂想。如果兩個人都做了同樣的怪夢，那就先叫妳哥回來，商量商量。」

饒妙晴雖然覺得有些害怕，但是轉頭一想，自己在那個房間睡了大半年也相安無事。怪夢似乎並沒有什麼實質性的危險。

只是一晚而已，應該沒什麼大問題才對。

於是女孩和媽媽，當晚就真的搬進了書房中。

沒想到這一睡，就睡出了大問題來。問題大到，險些要了她們母女的命！

那天晚上，和往常並沒有什麼不同。在狗窩鎮乾燥陰冷的空氣中，略微帶著一股鎮上特有的腥臭味。饒妙晴看著手機，媽媽則心不在焉地看了看電視後，在書房裡忙碌起來。

書房本就不大，所以只擺了一張單人床。家裡實在是太小了，所以從前饒妙晴和哥哥，都是住在客廳，兩個人在媽媽用布簾割出的兩個不大不小的空間裡睡覺。白天才將布簾拉開，恢復客廳的模樣。

都說就算是小空間，也能激發出無限的想像力。但饒妙晴一直覺得，所謂的無限想像力，不過是被一個字逼出來的，那就是，窮。憋屈的空間讓哥哥迫不及待的考上大學就搬走，大學一畢業就隨便找了個包吃包住的工作，有事沒事都不願回來。

憋屈的空間也讓饒妙晴想方設法地要離開這個家，但事與願違，在大城市找不到工作的她，只好回到狗窩鎮，找了個薪水很低的文書工作。父親去世後，她再次回家住到爸爸的書房中，才算是有了自己的空間。

哪知道，期盼了很久的不用再和人分享的獨立空間，居然會有那麼大的問題！單人床睡不了兩個人。媽媽在地上鋪了被子，兩人都有些緊張，死賴活賴的賴到了十一點這才上床。

饒妙晴睡地上，媽媽睡單人床。她們倆翻來覆去，聊天聊的什麼話都沒了。就連什麼時候睡著的，也不清楚。

夜，在蔓延。萬家燈火一盞一盞的熄滅，就連樓下的路燈也有氣無力地散發著詭異的光芒。

緊張的人都容易多喝水，臨睡前饒妙晴就把水喝多了。她被尿意驚醒，從地鋪上坐了起來。上完廁所，回書房輕輕關上房門，本來想繼續睡覺的她，整個人忽然被一股刺骨的寒意驚住，一動也不敢動地站在原地。

明明被好好關著的窗戶，不知何時被什麼東西拉開了。這裡明明是三樓，離地六公尺的高度沒有任何能攀爬的地方，就算是小偷也很難爬上去。更何況，窗戶是從裡邊關上的，怎麼可能在不被破壞的情況下，敞開呢？

風吹著紗窗，窗簾布鼓起了一個一個的包。

不對，怎麼看怎麼覺得那窗簾上的鼓包，不正常。風，真的能吹出那種怪異的形狀？

饒妙晴有些害怕了，她摸索著想要打開燈，按下門邊上的開關後，燈，卻沒還有亮。

就著窗外射進來的暗淡光芒，女孩摸到了手機。她將手電筒功能打開後，試著想要把媽媽喊醒。

可正當饒妙晴把手電筒的光照到媽媽臉色時，她整個人又一次嚇呆了！

第四章 扭曲的家

饒妙晴從來都是一個，唯一拿得起放不下的是筷子，唯一陷進去出不來的是被窩的人。可是在爸爸書房裡那連綿不斷的噩夢，卻令她每一次醒過來，都會逃跑似的從被窩裡鑽出。這半年來，她打從心裡懼怕這個房間。

一直以來，她本以為怪夢只是怪夢。她覺得，夢裡的世界，不會繁衍到現實世界中來。

可是，她錯了。又錯了。

那，絕絕對對，不僅僅只是夢。

爸爸的書房，是真的有問題。

直到這一刻，當看清楚了媽媽的臉時，饒妙晴才深刻地察覺到這一點。

女孩的母親，正在做噩夢。饒妙晴相當清楚媽媽夢見了什麼東西。但是母親的臉，卻讓她驚恐不已。

媽媽因為長年勞累，本來就比同齡人老一點。爬滿的皺紋已經緊繃在了一起。最可怕的是，那些皺紋扭曲，把臉上的皮膚甚至拉直了。而皺紋，卻全都聚攏在臉部最中央，鼻子右側的位置。

扭曲的眼睛、像蟲子一樣的嘴，被皺紋掩埋形成了一道漩渦的鼻子。

饒妙晴簡直不敢相信，躺在床上的真的還是她的媽媽。一個人的臉，真的能扭曲成這副模樣？

母親的噩夢在延續，她不斷用蟲子似的嘴巴，發出不舒服的呻吟。看著那張可怕的臉，女孩不停地後退，想要從房間離開。

她下意識地摸了摸自己的臉，突然回憶起一件可怕的事。似乎每次做完噩夢的那個早晨，自己的臉部皮膚都很乾很粗糙，而且挺痛的。每次她都要用大量的潤膚水才舒緩得了那股難受。

本以為是天氣乾燥的原因。

不過，現在可能還有另一個解釋。或許她每次做噩夢時，自己的臉，也變成了母親現在這副模樣。

但，怎麼可能？

究竟是什麼東西，潛伏在房間中？媽媽，會不會有生命危險？饒妙晴因為半夜去撒尿躲過了一劫，但是她也發現了這根本就不願意看到的一幕。

死寂，在房間中蔓延。

女孩拚命地捂住自己的嘴巴。她已經非常清楚了，這間原本屬於爸爸的書房，其實一直都隱藏著某個人眼看不到的事物。

但是爸爸生前能察覺，或許就連哥哥也看得到。只是他們倆，自始至終都沒有告訴過母親和她。

現在該怎麼辦？逃？還是……理智的推測，媽媽應該是會沒事的。噩夢過去了，應該就恢復正常了。

但是自己這個清醒的人，會不會有事？

想到這兒，饒妙晴頓時渾身打了個冷顫。世間事，從來都是好的不靈壞的靈。那個念頭才在腦子裡轉了一圈後，女孩突然感覺，窗戶外一個邪惡的視線，直直地落在了她身上。

饒妙晴整個人都僵硬了。她直愣愣地回望過去，但是敞開的窗戶外，只有陰冷的風不停地吹進來。

紗窗鼓脹得更加嚴重了，彷彿一張扭曲的可怕的臉，貼在簾子後方。

「會被殺死！絕對會被殺死！」不知為何，這個想法猛然縈繞在饒妙晴心裡。女孩用力吞下一口唾液，緩慢但不停地向後退，背在身後的手，好不容易才觸摸到門把手。

她如同被掠食動物盯著的小生物，無助、拚命求存。

她用力抓住把手後，用盡全力但又儘量動作很小的想要把門擰開。但是門把手，彷彿也不對勁兒起來。

不！不是不對勁兒！她，握住的哪裡是什麼門把手。

手掌回饋的觸覺告訴她，門把手原本冰冷的金屬質感不見了。手心中全是滑膩猶如青苔般的東西，一些黏黏糊糊如同踩碎蛞蝓體液的物體黏在手掌裡，噁心得很。

該死，她到底抓到了什麼？

饒妙晴根本就不敢回頭看，她保持著怪異的姿勢，一動也不敢動。逃出去已經是奢望，但是房間中潛伏的怪東西，到底想要將她怎樣？它為什麼要讓住在書房的人一次又一次的做噩夢？

不，世上哪有那麼古怪的事情。一定是在做夢！

饒妙晴恐懼到已經開始否認自己眼睛看到的東西、自己手心的液體，甚至否認起現實。

就在這時，窗簾猛地掀開。一陣怪風飛了進來，將她捲到半空中。黏糊糊的感覺席捲了全身，女孩被怪風擠壓纏繞，就像是一條巨大的蛇將她纏住般，窒息、痛苦。

饒妙晴難以抵禦那種劇烈的痛，她的身體本能的休克了。

再次醒來時，媽媽正在拍她的臉。

「喂喂，傻女兒，妳老大不小了睡覺還不踏實。鋪蓋都滾到門邊上去了。」母親摸了摸她的額頭，呼了一口氣：「還好沒感冒。」

饒妙晴眼睛發直地看著媽媽：「媽媽，妳的臉？」

「我的臉怎麼了？」母親不明所以地摸了摸自己的臉：「沒什麼啊，還是那麼美。」

饒妙晴觀察著媽媽的臉，沒看出個所以然來。她驚魂未定地從地板上半坐起來，撓了撓亂糟糟的長髮。半晌，都吐不出別的話了。

媽媽用力伸了個懶腰，一邊整理被子，一邊說：「看來我們是杞人憂天瞎胡猜了。昨晚我確實也做了些怪夢，但是很快就夢見別的了。今天起床精神挺好的。或許那所謂的怪夢，原本就是巧合。」

「巧合？」饒妙晴眨巴著眼睛，都說晚上的夢在清醒後的五分鐘，就會忘記百分之九十。可是昨晚的夢，女孩分明全都記得。清晰得就像經歷過一般。

看著媽媽一臉清爽的模樣，饒妙晴簡直都要懷疑自己了。難道，那真的僅僅只是夢而已？

不！饒妙晴突然意識到了一件事，她的手到現在都還黏糊糊的。一攤噁心的液體覆蓋在手心裡。將手湊近鼻子，甚至還能聞到惡臭味。

女孩的心臟不停的打顫，用緊張到沙啞的聲音說道：「不。老媽。這個房間是真的有問題。打個電話給哥哥，讓他回來一趟吧！」

母親愣了愣，明白了什麼。臉色一白之後，撥電話給哥哥。饒妙晴在電話裡將自己的遭遇元元本本地說了一遍。

「妙晴，聽我說。不要再去書房，千萬不要。不，妳最好搬出去住一段時間。看著媽媽，一定要看住老媽。我馬上回家！」

哥哥丟下這一句話後，掛斷了電話。

之後的事情，就更加不可思議了。

饒妙晴不明白哥哥掛電話前，為什麼要自己千萬要看住媽媽。她不清楚為什麼哥哥只要她搬出去，而沒有提讓老媽和她一起離開。

許多許多不明不白的地方，讓她疑惑重重。

煎熬了好幾天，哥哥都沒有回家，就連打電話給他也沒有打通。轉眼又是禮拜五了。女孩不忍心讓媽媽在家裡留守著，怕有危險。

「老媽，妳今晚跟我去酒店住吧。」饒妙晴提議道。

媽媽搖頭，「算了，我這輩子都沒離開過這條街。老了，也不想走遠了。」

她一腦袋黑線：「媽，我們就住一晚，又不是搬家，一輩子都不回來了。」

「不去不去。」媽媽還是搖頭：「妳爸的骨灰還在家裡，我不想離妳爸太遠。」

「只是一個晚上而已。」饒妙晴實在無法理解自己的母親，這老妮子明明就在胡亂找藉口。

老媽始終不願走：「不要。」

說著就又去做家務了。饒妙晴連忙扯住她的衣角，苦勸道：「可是今晚，那個東西又會來。我怕妳有危險啊。」

「我不去書房就好了。」老媽不以為然。

女孩苦笑道：「您就不怕啊。」

「不太怕。」

饒妙晴火了：「可妳女兒我怕啊，妳不走我也不走了。我就待在書房裡，等那東西晚上來殺了我。」

媽媽的臉變了幾下，很是猶豫：「好嘛好嘛，一晚是吧？」

「對！」女孩見老媽軟化了，連忙點頭：「明天一早就回來。」

「但是我要抱著妳爸的骨灰去。」媽媽說。

饒妙晴撫摸著額頭：「老媽，妳煩不煩。妳想拿什麼去都可以。說起來也不見您跟爸爸生前有多恩愛啊，老爸死後妳倒是死活都不願意把老爸安葬了，還把骨灰供奉在家裡。來個客人都要把人嚇一跳。」

「要妳管。」媽媽惱怒道：「我就愛把妳爸的骨灰放在身邊，每天都擦一下。就像妳爸還活著一樣。」

饒妙晴撇撇嘴，沒說話。在這種事上繼續下去，扯久了也沒任何意義。

老媽不依不饒地一邊將老爸的骨灰盒裝進塑膠袋中，一邊碎碎念。好不容易才跟著女孩走出了家門。

饒妙晴家的老樓房附近自成一區，要買啥都就不用五百公尺。在女孩的印象中，媽媽似乎已經有許多年沒有離開過這個社區了。哥哥和她的家長日，父親去的。她畢業典禮，也是父親去的。

父親的工作很忙，但總會抽出時間去參加自己和哥哥的學校活動。不，不止如此。

走在街道上，饒妙晴突然「咦」了一聲。

奇怪了，到底是從什麼時候開始，爸爸就絕不讓媽媽離開家附近五百公尺？對，一直以來分明是爸爸不讓媽媽離開的。

而爸爸離奇死亡後，就連火葬，哥哥也強硬地要媽媽待在家，由哥哥帶著一眾親屬去的。媽媽是個有些倔強的中老年婦女，不過，哥哥和爸爸的話，總是會聽的。

哥哥要她最近幾天留意媽媽。

饒妙晴想到這兒，突然有了一股不祥的預感。

將骨灰盒牢牢抱在懷裡的老媽慢吞吞地走在她身後，快要離開許多年從來沒有走出去過的地方，媽媽明顯有些好奇，甚至在左顧右盼。

「好久沒有離開過這片區域了。快要有十五年了吧？」老媽感慨道。她扯了扯女兒的衣服，指著街道不遠處的一個佛龕，又道：「妳爸自從十五年前開始，就不讓我走出那個佛龕了。雖然我抗議過，但是他一臉認真，我也倔不過他，只好聽他的囉。」

那種不安感鋪天蓋地，幾乎將要饒妙晴淹沒了。

媽媽在佛龕前微微停頓了幾秒後，這才邁出步子，準備邁過這條十多年沒有邁出過的無形之線。

饒妙晴被不安感驅使，大喊了一聲：「不要。媽媽，我們還是回去吧。」

「啊？」媽媽訝異地轉回頭，可是她的左腳已經落下，踩在了佛龕之外。

就在這時，異變突生！

整個世界，都抖了一下。

「地震了？」饒妙晴眨巴著眼睛，街上所有人也和她一樣，一臉不解。

沒等街道上的人反應過來，地面又震動了一下，一下，又一下。彷彿有什麼巨大的東西，拖拽著龐大的身軀，從遠至近地走過來。

地上的震動越來越大，鄰居和小販擺放懸掛著的鍋碗瓢盆和小物件在這有規律的震動中蹦跳不已。就連窗戶，也顫顫巍巍地發出彷彿快要破裂的難聽響聲。

「怎麼了？」饒妙晴轉頭望向聲音傳來的方向，可她，卻什麼也沒有看到。

巨大的震動和響聲越來越近。突然，媽媽發出一聲尖叫後，跌倒在地上。有什麼東西，無形的，肉眼看不到的某種東西，纏住了母親的腳，將她使勁兒地朝街道深處拽去。媽媽尖叫著，不停地在地上翻滾掙扎，她拚命又無力地抓住任何可以抓住的東西。但是拉拽的力量實在太強大，強大到母親的十根手指頭血痕累累也無法讓自己掙脫。

當媽媽掠過自己身旁時，饒妙晴立刻拽住了母親的身體。一股強大到離奇的力氣，將兩人都拉走了。

「妙晴，媽。該死，還是來晚了一步。」一個年輕男子提著大包小包的東西從街口走來。他見兩人被無形之物拉走，頓時面無血色。年輕男子彷彿能看到什麼，他的視線在母親和妹妹身上劃過後，抬頭，凝固在八十度角的位置。

「爹從前說的竟然都是真的。」年輕男子不敢猶豫，他使出吃奶的力量跑過去，用力抱住了母親的腿。

三個人都被拉拽著，在地面上往前拖。街坊鄰居在這詭異的一幕前，全都嚇傻了。眼前的一切，完全顛覆了他們的認知。

饒妙晴慌亂中看了年輕男子一眼：「哥，你回來了？」

「咋還不回來，家都亂成這樣了。咱媽有危險啊，妙晴！我不是要妳看好咱媽嗎？」男子氣不打一處來。

女孩怒了：「我還要怎麼才算看好。你跟爸什麼事情都瞞著我，什麼都不跟我說。你瞅瞅，現在看來是要死了，我該怎麼做才叫看好！」

男子啞然，之後用力踹向饒妙晴的手：「妳鬆手，我一個人去救咱媽。」

饒妙晴死命地抓住母親不撒手：「你一個人怎麼救，拽住媽的到底是什麼？事到如今的，你還準備瞞我多久？我可是你親妹妹。」

男子一咬牙：「妳能看見什麼，妳什麼都看不到。更看不清拉著咱媽的是多麼可怕的東西。妳一個普通人，給我放手，至少，妳還能得救。」

說著就用力的一腳踹在饒妙晴的身體上，女孩腦袋一暈，整個人飛了出去，撞在一棟樓的鐵捲門上。

當她掙扎著站起來的時候，哥哥和媽媽已經被那無形之物拖得很遠了。遠到用跑的也追不上。饒妙晴什麼也不顧了，家人就在自己面前遇到危險，哪怕是從前嬌滴滴的鄰家女也能瞬間變成女漢子。

她從身旁一個嚇呆的小朋友手裡搶過一輛單車，騎上去繼續拚命往前追。但是母親和哥的聲音，依舊越來越遠。

就在這時，有個非常中二的聲音自耳畔傳來。

「這位小姐姐，妳很拚命喔。」

饒妙晴嚇了一跳，側著眼睛望過去。只見有一個打扮古怪的男性就在她左臉不遠處，她騎著車，男子在跑。

女孩皺了皺眉。

男子看起來年齡不大，感覺起來似乎自己差不多歲數。可是打扮實在太奇怪了。戴著紅色面具，脖子上繫著紅領巾，穿著紅披風，踩著解放牌布鞋。紅色的內褲套在緊身褲外。饒妙晴的騎車速度那是相當快的了，但是男子卻能不疾不徐地跟在她身旁，跑得很輕鬆。

「這個古怪的傢伙，最好不要跟他扯上關係。」饒妙晴下意識地想要無視他的存在。但是那傢伙完全沒有自己是個怪人的自覺。

「妳可以叫我英雄，小姐姐。」自稱英雄的男子用手指了指自己的鼻子：「我的職業是一個默默守護著城市安全的美男子。」

饒妙晴妄圖跟他拉遠距離。這個傢伙不只古怪，說話還有語病。

「我來幫妳救妳的家人，小姐姐，妳就默默地在我背後為我加油吧。」說完，英雄便輕輕一踩地面。頓時整個地面抖了一下。英雄的身體周圍彷彿繞起了一圈氣旋，接著整個人飛速地往前衝去。

這一跳，就足足跳了幾十公尺遠。

饒妙晴震驚地張大了嘴巴，就連什麼時候停住自行車的都忘了。

英雄追上了她的哥哥和媽媽，並越過了他們。他擋在兩人的身前，仰頭望向天空。

「我命令你，放開他們。」英雄說道。本來他想要很有氣勢的厲喝，可惜，聲音一從嘴巴裡傳播出去，就變得中二起來。

一股無形的聲波，從天空傳來。聲波所過之處，所有人都人仰馬翻。饒妙晴也不例外，她被那股耳朵無法接收的聲波震得全身發麻，在地上足足滾了好幾圈才艱難地爬起來。

「嗯，看來你是準備執迷不悟了。」英雄哼了一聲，之後和那無形之物打成一團。

饒妙晴很難描述自己的雙眼到底看到了什麼，她也無法描述那場一個人一抬腳就能飛到空中幾十公尺，藉著周圍的建築高飛高跳帶來的視覺衝擊究竟有多難以理解。總之，英雄似乎沒過多久，便露出了敗跡。

「看來我要出絕招了！」最終，英雄從連身衣的某個隱藏的口袋中掏出了一本紅燦燦的舊書。

英雄翻開舊書，大聲朗讀著書上的文字。一股股的聲浪傳播開，在空氣中交鋒、試探、互相攻擊。

抓住了饒妙晴哥哥和媽媽的怪物居然在英雄的朗讀下受到了莫名其妙的重創，拖著兩人開溜。

「哪裡逃！」英雄不依不饒地追了上去。

「這就是我的經歷，我就是事情的主角饒妙晴。我的哥哥和媽媽就在我的眼皮子底下失蹤了，至今還沒有找到。我發誓，一定要找到那位英雄，問問他，我的親人哪裡去了。如果有人看到我的文章，那麼萬能的貼友圈，發這文我主要是想問問，我的手機螢幕碎了，可以去哪裡修！」

文章結束在這個地方。

看到最後一句的我跟黎諾依險些摔倒。這位叫饒妙晴的妹子開車開得太快，弄得所有人都翻車了。

「我可以罵人嗎？」黎諾依一腦袋黑線：「害我認真看了那麼久，結果她純粹是想來耍看文章的人，搞笑來著。」

「不一定。饒妙晴那女孩如果不是真的經歷過，不會寫出這麼真實的東西。畢竟人物、地點、情景，一切的一切都能和郭勇講的中二英雄對號入座。」我搖搖頭，有些不解。

難道帖子裡還有某種饒妙晴故意隱藏起來，只讓特定人士才發現得了的資訊？

自始至終，我都不認為這文章寫得驚險刺激，真的只是為了用最後一句話來搞笑。

我皺著眉頭，看著看著，突然「咦」了一聲，看出了些端倪來！

果然，這文章暗藏玄機。那個饒妙晴，看來並不是什麼單純的善良小城女孩，她果然在文章裡留下了很驚人的東西。

我抬頭，望向車窗外。車外已經大亮了，經過了好幾個小時的行駛，汽車已經非常接近狗窩鎮。

那個不太平，甚至有些扭曲的小城裡。到底為什麼會出現一個擁有超自然力量的英雄？那個英雄，究竟在保護什麼？和什麼戰鬥？

他，是誰？

第五章 詭異小城

英雄，什麼是英雄？

哪怕進入了狗窩鎮，我也一直埋頭思考這個問題。所謂的英雄，應該是擁有一般普通人沒有的能力，行正義之事。美國漫威中的英雄們上天入地拯救世界，拯救宇宙，維持和平。日本漫畫中的英雄們，從來都是打打小怪獸，沒小怪獸打的時候就喝喝茶，過平凡生活。

但是中國，除了西遊記中的孫大聖之後，就再也沒有出現過英雄。儒家文化不提倡打打殺殺，所謂的大道，也不提倡個人英雄主義。

狗窩鎮裡出現的英雄，那個隱藏在紅色面具和浮誇裝扮中的自稱是英雄的人，又為什麼會想當英雄？

饒妙晴家發生的怪事，以及拖走了她哥哥和媽媽的無形怪物，又是什麼？跟出現在三和，想要殺死郭勇的東西，是同一種存在，抑或是同一個？

種種困惑因為資訊太少，我至今沒想明白。整整開了一天的車，在入夜時分，我和黎諾依才急忙在狗窩鎮找住所。

這個建立在黃土高原深處的小鎮，蒼涼殘破，處處都透露著破敗蕭條的模樣。因為一直以來都是人口外移的區域，外地人很少，所以就連正規的酒店也沒有。

好不容易，我們才在一條破爛街道的盡頭，找到了一家外牆斑駁、霓虹燈已經大半不亮的民宿。

黯淡的燈光下，我才發現民宿門前還有兩棵三公尺多的光禿禿棗樹，爪子似的樹枝探向天空。枯枝上孤零零地掛著幾個褪色的紅色破舊燈籠。

「這家民宿看起來就像是在鬧鬼的模樣。」黎諾依打了個冷顫。

我無奈道：「狗窩鎮這麼大個地方，結果只有一家民宿營業，現在還有什麼辦法。難道睡車裡？」

黎諾依猶豫了一下，明顯是在認真思考睡車裡可不可行。

「喂喂，別想了。雖然是秋天，但陝北的天氣可是出名的惡劣。白天看起來還有十幾度，晚上肯定會降到零度左右。」我伸手敲了敲她的小腦袋。

一入夜，黃土高原的寒意就襲了過來。我們雖然準備了厚厚的衣服，但站在門前也強烈感受到涼意。風呼呼地刮得越發的厲害了，我趕忙敲響民宿的木門。

敲了好幾下，門中才傳來懶洋洋的聲音：「來了，來了。」

一個四五十歲的中年女性打開門，斜著眼睛盯著我們。明明是做買賣的人，居然就那麼看著，不說話。

「我們是遊客，還有房嗎？」我咳嗽了一下提醒她。

民宿老闆娘這才撇撇嘴，不情不願地說：「有房，要幾間。」

「兩……」

兩字還沒說出口，黎諾依已經打斷了我：「我們要一個房間，一張大床的雙人房。」

「喂。」我皺了皺眉。

女孩偏過腦袋，吐了吐舌頭，用可愛的表情威脅我：「我不要一個人睡，這民宿活像個鬼屋。多少年的老房子了。要不我一個人睡車上，如果你忍心讓我一個人冷死在車上的話。」

這小妮子把我的話裡裡外外全都堵死了，甚至將其提升到了生命的維度。我還能說什麼。

老闆娘帶我們進去，登記後這才不緊不慢地給了一把鑰匙，指著黑漆漆的走廊說：「從那邊上樓梯。三樓02房。」

不同於最近幾年流行的精緻有格調的民宿，狗窩鎮裡的一切，彷彿都被時間遺忘，遺留在了空間的夾縫中。陳舊、破敗。剛往走廊走幾步，黎諾依就皺起了眉頭。

「好髒啊。」她不是個講究的人，但再不講究的人總也有自己的底線。

民宿是由自有住宅改的，只有三層。走廊骯髒無比，不知道多久沒有拖過地了，我甚至懷疑這家民宿，到底有多久沒有人入住過了。天花板的燈就算按下電源開關也沒有亮，只能就著樓梯口的黯淡燈光上樓去。

「明明一樓二樓都沒有人住，幹嘛安排我們住三樓？」黎諾依抱怨道。女孩子所謂的輕裝出行都有兩個大提箱。我實在搞不清楚明明是出門調查案子，她帶那麼多東西幹嘛。

自己揹著我的小背包，提著一個大箱子上樓梯，可不算是一個良好的體驗。樓梯又極為狹窄，我們艱難地朝著三樓爬。

路過二樓的時候，我突然停了下來，望向走廊的深處。

二樓走廊黑漆漆的，明明什麼都看不到。可不知為何，自己卻明顯感覺到一股視線，在窺視著我們。

我的眼睛不停地努力辨識走廊的盡頭，仍舊什麼也沒發現。二樓沒有住人的氣息，也沒有生活的痕跡。如死了般，就那麼寂靜地在眼前。從樓梯口看過去，斑駁的地板猶如一條上火的人類舌頭，泛黃，惡臭。

那視線彷彿發現了我在往它那裡看，立刻移開了。

「你在看什麼？」黎諾依問。

我疑惑地搖了搖腦袋：「沒什麼，剛剛覺得有人在看我們。或許是錯覺吧。走，繼續上樓。」

女孩苦笑：「第一次住這麼髒亂的地方，我想自己這輩子恐怕不會再遇到更糟糕的地方了吧。」

她錯了，等到了302房時，黎諾依幾乎要崩潰了。

明明要的是一大床雙人房，對，理論上確實是。我一看房間的環境，就險些笑起來。這個房型是要有廁所的。這裡有。只是廁所沒有牆，甚至沒有單獨的隔間。房門一進去後，右側靠牆的位置就大剌剌地裝著一個蹲式馬桶。

一個大約十五平方公尺的房間內，沒有任何隔開馬桶和床的東西。蹲式馬桶旁就是床頭櫃。櫃子旁邊便是張大床。如此奇葩的裝潢風格，簡直讓我大開眼界。

房間不知多久沒有人住過了，打開的一瞬間，迎面撲來大量的霉味，嗆得我們倆一直咳嗽。

我打開燈，又是一陣驚訝。

牆壁沒有粉刷過，紅磚和水泥就這麼裸露在外。床單髒兮兮的，原本的白色早就洗淨鉛華，只剩歲月帶來的每個房客的痕跡。

黎諾依風化在房門口，實在沒有勇氣踏入一步。

「不行，我不要住這裡。一分鐘都待不下去，還是下樓去住車上吧。冷死就冷死。」

黎諾依一邊搖頭，一邊拖著我往樓下走。

我這個不講究的人，也深以為然。自己雖然在許多惡劣的地方待過，但是卻從來沒有在險惡的客房裡待過。即使只住一晚上，我也極度懷疑，不知道會染上什麼怪病。

我們下了樓，準備去車外將就一下。正用手機照明，摸索著要打開民宿的門時，一股寒風吹了過來。我們同時打了個冷顫。不知何時，天氣已劇烈降溫了，刺骨的風猶如鬼一般淒厲。

「你們兩個小青年，要去哪？」老闆娘陰沉如刮骨刀般難聽的聲音，冷不防地從背後傳了過來。

黎諾依嚇了一跳，看清楚老闆娘的臉後，這才鎮定下來：「妳的客房實在太髒了。我住不下去，準備去車上將就一晚。放心，不會退房的，房錢照給。」

老闆娘嘿嘿笑了兩聲，陰陽怪氣地問：「你們第一次來狗窩鎮？」

我點頭。

「怪不得，咱這麼偏遠，你們來一趟也不容易。小年輕，每個地方都有每個地方的特色。咱們狗窩鎮的特色就是，一過了晚上十一點，就不要出門了。」老闆娘昏黃的眼珠子轉了幾下，瞳孔裡泛出警告。

「我們鎮養了幾千年的狗，殺了幾千年的狗。不知道有多少狗變成了厲鬼，遊蕩在夜晚的街道上。敢在晚上不回家遊蕩露宿的，全都死了，沒有例外。」

「這世上哪有鬼。」黎諾依一邊嘴硬，一邊朝我懷裡擠了擠，顯然是被老闆娘的話弄得有些悚了。

「嘿，信不信由你。」老闆娘指著門：「門就在那，生門死門都在那。你們要出去送死，我管不著。」

說完，老闆娘就回自己房間了，不再囉嗦。

「這老女人說話怪裡怪氣的，八成是獨居久了。」黎諾依衝她的背影吐舌頭，然後流暢地關門，拍拍手：「好啦，咱們也回房間睡覺吧。」

她看看手機時鐘：「也快十一點了。早點睡明天好早點起床。」

我一把抓住了她，一腦袋的黑線，這小妮子果然是害怕了：「喂，妳不睡車上了？」

「不要。外邊太冷了。車上的暖氣時靈時不靈的，睡一晚上說不定真的會凍死。」女孩找藉口。

我斜著眼睛瞟她：「妳怕了？」

「才不是怕呢。」

「明明就是怕了！」

「我才不怕。我想好了，等下把多的衣服從箱子裡拿出來，墊在床上隔開細菌。再多的就當被子。」黎諾依一直拽著我，手居然在微微發抖。

喂喂，這小妮子到底帶了多少衣服來啊，都可以當床單和被子了喂。我一邊吐槽，一邊緊握著她的手。

黎諾依從剛剛開門後，就有些反常。就連上樓梯的速度，也快了許多。彷彿迫不及待的想回到剛才那間十分鐘前才迫不及待離開的房間。

強自鎮定的她來到了三樓後，打開客房門，一把將我拽了進去。自己也飛速進門後，將門反鎖，這樣還不放心，便找來一把椅子抵在門口。

她的情緒無比緊張，抵好房門的一瞬間，就連臉色也都慘白起來。漂亮的臉頰上，全是恐慌。

「妳怎麼了？」我有些不解，只不過幾分鐘的功夫，一直在我身旁的黎諾依怎麼會怕成這副模樣。她不是個會害怕怪談的人，這幾年經歷的詭異事件也不少了，老闆娘的幾句話顯然嚇不到她。

可現在黎諾依，居然害怕了。

我明明自始至終都在她旁邊，卻完全不明白，她到底在怕些什麼。

「阿夜。」黎諾依見我發問，好不容易才從恐懼中驚醒。她用力抓住我的胳膊，將小腦袋深深地埋在我懷中：「當我打開民宿大門的一瞬間，在門外，看到了一些東西。」

「什麼東西？」我努力回憶了片刻後，卻什麼也沒想起來。民宿門外只有兩棵棗樹，在寒風中隨風輕顫而已。

「是棗樹。」黎諾依的聲音也怕得發抖：「光禿禿的棗樹上，全掛滿了屍體。人的，和狗的，屍體！」

我愣了愣：「人的屍體和狗的屍體，都掛在棗樹上？」

自己回憶了片刻，卻發現自己的確什麼也沒看到過。秋天的陝北氣溫已經很低了，整個小城的路上巷道上也確實充斥著血腥和黃土味交織的氣息。但自己清楚地記得，剛剛推開民宿大門時，只有淒厲的涼風刮得落光葉子的棗樹搖晃不止。

但是我並沒有在棗樹光禿禿的樹幹樹枝上，發現任何異常。

「阿夜，你沒有看到，對吧？」黎諾依冷得厲害。

我緩慢地搖頭：「確實沒有。」

女孩低沉道：「那就是只有我看到了。奇怪了，為什麼我能看到你卻看不到，難道我比你多做了什麼多餘的事情？」

「坐下來，詳細的跟我講講。」我見她又怕又恐慌，連忙將她拉到床沿邊緣坐下。

黎諾依一直賴在我懷裡，已經很久沒有見她怕到如此程度了。

「我看到了。在呼嘯的風中，民宿前的兩棵棗樹搖晃著。第一眼我還覺得沒什麼異常，可是等到民宿老闆娘走出來叫住我們後，情況就變了。」女孩終於鎮定了一些：「棗樹上的紅燈籠在我一回頭的功夫，發出了紅色的暗淡燈光。」

「朦朧之中，隱隱約約出現了些黑色的輪廓。剛開始我還以為只是房子的陰影。但是輪廓卻越來越深，變成了一隻隻狗和人的模樣。那些人與狗被吊著脖子，脖子上有深深的刀割痕跡。刀痕中還潺潺流著猩紅的血水。」

「那些人彷彿沒有死，在風中，身體隨著棗樹一起搖晃扭曲。他們彷彿發覺到了我的視線，一個個地轉過頭來，用痛苦到捏成了一團的臉看著我。」

黎諾依苦笑道：「在那一瞬間，我就明白自己看到了幻覺。我很清楚，畢竟十多個人，三十多條狗密密麻麻地吊在兩棵看起來不太結實的棗樹上，如果是真的，恐怕早就把棗樹壓斷了。但是，那幻覺真實無比。最可怕的，要數那些人與狗的臉部。」

「他們的臉，實在難以描述。」女孩猶豫了一下，掏出手機，點開畫畫功能，隨意地畫了一幅她不好形容的扭曲臉部特寫。

她不是很會畫畫，但是簡單的幾筆勾勒，就讓我渾身發麻。後脊背上一陣陣的涼意往上爬。

畫上那張臉，爬滿的皺紋緊繃在了一起。最可怕的是，那些皺紋扭曲不已，把臉上的皮膚甚至拉直了。而皺紋，全都聚攏在臉部最中央，鼻子右側的位置。扭曲的眼睛、蟲子一樣的嘴、被皺紋掩埋形成了一道漩渦的鼻子。

我眉頭深鎖。一個人的臉，真的能扭曲成這副模樣？這還能稱得上是人嗎？但是黎諾依剛剛看到的幻象，以及這些臉，似乎在哪兒看到過。

想到這，我猛然站了起來，聲音也高了幾調：「不對，諾依，剛剛妳看到的，說不定並不是幻覺。」

「不是幻覺是什麼？」黎諾依又打了個顫。

「還記得來狗窩鎮前，我提過一個叫饒妙晴的女孩的經歷嗎？」我連忙打開電腦，把文章找出來：「妳看。她對自己媽媽的臉部描述。和妳看到的那些臉，是不是一模一樣？」

黎諾依看過之後，僵硬地點頭：「沒錯，她看到的臉，和我剛剛見到的，恐怕真的是同樣的東西。」

「這個狗窩鎮，恐怕沒那麼簡單。明天一早我們就去找這個女孩看看。」我用手敲著筆記型電腦的蓋子：「說不定在她身上，能挖掘出更多的東西。」

黎諾依有些猶豫：「她又沒留地址，現在那女孩有沒有留在狗窩鎮也不清楚。如果要讓楊俊飛的偵探社調查的話，也要好些時日。我總覺得有些心慌，害怕在這個鎮上待久了會出大事。還是早點走的好。」

「這件事不用找老男人幫忙。」我笑了笑：「妳看，那個女孩在文章裡留了玄機。她在最末硬是搞笑，其實是為了一個目的而湊字數罷了。最後的簽名，她用了 utf16 作為網路暱稱。這個就非常沒有道理了，明明她在文章裡都把真名寫出來了，幹嘛還特意在簽名欄裡標注自己的暱稱叫 utf16 ？」

我一邊說，一邊點了滑鼠右鍵，將編碼選項打開：「除非，utf16 並不是她的網名，而是某種暗示。」

我將編碼從預設改成了 utf16 格式。很快，整篇文章都成了亂碼。但是黎諾依卻

「咦」的叫出聲來：「阿夜，文章中的文字裡似乎穿插著一些數字。那是，電話號碼？」

「沒錯，這應該是饒妙晴特意留下的聯絡電話。」我點頭，將那串號碼記在了手機裡。

不過黎諾依並沒有欣喜，反而更加擔心了：「饒妙晴的哥哥和媽媽被怪物擄走了，她在網路上發文尋人。卻將聯絡方式隱藏起來，特意讓人花上一番功夫才能找到。這是搞什麼鬼？又不是腦筋急轉彎遊戲。人命關天的，兩個親人生死不知，她肯定不會無的放矢才對。那麼這篇文章，她到底是想要給誰看？」

答案其實早已經呼之欲出。我淡淡道：「她應該是想找那個救她的英雄。人從來就有一個思考謬誤，總是認為一個領域的專家，在另外一個其實根本就不懂的領域也是專家。這就是名人效應。饒妙晴本能地認為狗窩鎮救了她的英雄，不只有超能力，應該還聰明絕頂。所以才發文留暗號，希望撇開無關人等，讓那個想像中有力量又聰明的英雄破解暗號後，聯絡她。」

「有可能。」黎諾依想來想去，還是覺得這個解釋可能性比較高。畢竟，一個小城的姑娘，也不會有太複雜的心思。

我看著饒妙晴的電話號碼，想了想：「要不現在就打個電話給她，問一問情況。明天約見面。諾依，剛剛妳看到的東西，讓我很在意。總覺得，會有什麼不好的事情發生。」

黎諾依看了看手機，快要晚上十一點半了。

沒猶豫，我們終究還是撥了饒妙晴的電話。狗窩鎮透著一股死氣和不詳，我們急需一個當地人問清楚情況。

畢竟黎諾依看到了本不應該看到的東西，而我卻什麼也沒有發現。用膝蓋想，都覺得有問題。

電話那端的等待聲響了幾次後，一個睡得迷迷糊糊的聲音從對面傳來。

「喂，哪位？」

我問道：「饒妙晴小姐？」

「是我，你是誰？」饒妙晴當然聽不出我是誰，她聲音中顯然帶著警戒：「這麼晚了……」

「我叫夜不語。總之，先不要管我是誰，我看了妳在狗窩鎮本地論壇上的文章。」

我的話還沒說完，就被她打斷了。

「你是那位秀逗英雄？」她雀躍道。

我否定了：「當然不是。」

饒妙晴有些驚訝：「你不是他為什麼會破解我的密碼？」

自己剛才的猜測果然對了。這個女孩顯然腦回路有些詭異，思考方式也很狹隘。老覺得只有救她的英雄才會破解密碼。

「先不要管我是怎麼破解妳的小機關的，我有些事情想要請教。」我開口道。

這一次又沒有等我說完話，饒妙晴再次打斷我：「無關人員退散，看熱鬧的退散，老娘要睡覺去了。拜拜。」

說著就要掛斷電話。

我連忙道：「別啊。我可是千里迢迢找過來的，很有誠意的。最近，我朋友身上也發生了一些事，遇到過那位救妳的英雄。」

聽到了「英雄」這個詞，饒妙晴倒是沒有急著掛電話了，她撇撇嘴：「你朋友？他遇到了什麼？說來聽聽，警告你，我要覺得你是什麼壞人的話，肯定會報警的。」

我一腦袋黑線，這位彷彿挺單純的小城姑娘，警戒心怎麼那麼強。自己將郭勇的事情添油加醋地講了一遍，還著重地吹噓了他如何和那位英雄成為朋友，甚至還亂吹自己的朋友掌握著一點關於英雄下落的線索。

末了，我沉聲道：「饒妙晴小姐，妳想找到那位救妳的英雄，打聽自己哥哥和母親的下落，是吧？」

饒妙晴在電話那邊沉默了一下：「沒錯。」

這女孩終於上鉤了。我笑起來：「那我們明天碰頭，見上一面吧。」

「嗯，好。」饒妙晴答應了：「你們說自己是千里迢迢來到狗窩鎮的，現在就在鎮上？」

「對，我們住在一家民宿裡。」我回答。

「民宿？」女孩奇怪道：「狗窩鎮說大不大說小不小，酒店卻少得很，只有三兩家而已。至於民宿，我倒是沒聽說過。你住哪裡的民宿啊？明天一早我就去附近找你。」

我連忙掏出民宿的押金收據：「紅椿民居。」

「紅椿民居？」聽到這個名字，饒妙晴突然深深吸了一口涼氣，顯得很驚訝。之後，電話那頭就陷入了深深的死寂中。

「喂喂，饒妙晴小姐，妳怎麼不說話了？」我心底深處，湧上一股不安來。

「你叫夜不語是吧，我就叫你夜不語先生。」女孩的聲音等了好久，才傳過來。她的話在發抖，嚇得發抖：「你看看地址，是什麼街，什麼巷的紅椿民居？」

我的視線再一次落在了押金收條上，最下方確實有地址：「狗窩鎮南巷子 114 號。」

饒妙晴聽完後，聲音更加的混亂了，她急促地喊道：「夜不語先生，我不清楚你是不是惡作劇，還是單純尋我開心。狗窩鎮根本就沒有什麼南巷子 114 號，更沒有什麼紅椿民居的民宿。」

我不詳的預感更加強烈了：「我發誓，我們確實住在這裡。」

「我姑且信你。」饒妙晴強壓下心中的恐懼，大聲道：「夜不語先生，如果你和你的夥伴真的住在南巷子 114 號的紅椿民居裡。那麼，現在你必須要做的是，關好門，關好窗。整晚守著，千萬不要睡。也千萬不要試著逃走！」

「為什麼？」我被她話中的驚恐弄到猛打寒顫。

「現在的狗窩鎮已經沒有南巷子，也沒有紅椿民居了。十多年前確實是有過，但是當年一把莫名其妙的火，將那個民宿燒了個精光。」

「如果你們明早還活著的話，就到狗窩鎮東街 23 號的斗篷咖啡屋來。我從十點鐘開始等你，如果你十一點還沒到的話，我就會離開。當成你只是在耍我而已。」饒妙晴丟下這句話，逃命似的掛斷了手機。

我和黎諾依驚恐地看著手裡僅剩盲音的電話，抬起僵硬的腦袋，面面相覷。

「怎麼辦？」女孩問。

事情太不尋常了，怎麼我們剛到狗窩鎮，就住進了一家本不應該存在的民宿中。難道，只是巧合？但是黎諾依不久前，明明也看到了掛滿屍體的棗樹，那棗樹上的屍體，也本不應該存在的。

「還能怎麼辦，逃出去！」我斬釘截鐵道。

「逃？可是饒妙晴明明要我們堵住門和窗戶，千萬不要睡覺和試著逃走啊。」黎諾依猶豫道。

「逃！」

我再次吐出一個字，從隨身的背包裡掏出一樣東西，緊緊地握在手心中。然後示意黎諾依抓緊我：「抓緊我，不管看到什麼，聽到什麼，都不要放手。」

說完，就推開門，走入了深深的黑暗走廊中！

第六章 死守窗外

人，總是活在盒子裡，工作在盒子裡。人類駕馭這個盒子，最終又被埋葬在盒子裡。但是很少有人能跳出這個盒子。

屋子，就是盒子。特別是你突然發現自己置身於本不應該存在的盒子中時，你的第一個反應，當然是逃出去。

我和黎諾依在漆黑一片的走廊裡往前緩慢的移動。老舊的民宿三樓，就連腳底下的水泥地板，也散發著不祥的氣息。

走廊的燈沒有一盞能亮。

我們用手機照明，沒多久就找到了樓梯，順著階梯一步一步地往下走。沒有阻礙的來到一樓後，終於看到了通向外界的房門。

「儘量小聲些，不要吵醒老闆娘了。」我輕聲提醒。緊張到身體繃直的黎諾依乖順地點頭，手緊緊抓著我不放。

一路走來，倒是沒有遇到任何詭異的狀況。但是我的心卻在發顫，不知是不是錯覺，滿屋子邪惡的氣息從四面八方彌漫過來。順著地面流淌，將我們淹沒。

整個屋子，都散發著死亡的味道。

我和黎諾依偷偷摸摸地走到門邊。老闆娘就住在一樓走廊的最深處，一個本不該存在的屋子裡住著的人，真的是人類？我不敢賭，畢竟狗窩鎮既然有英雄出沒，那麼和英雄對應的邪惡生物，自然也不會少。

或許這整個紅椿民居，都是為了陪襯英雄的大魔窟。

我的手摸到了門把，回頭看了黎諾依一眼。用力嚥下緊張後，輕輕將門擰開。門發出「吱吱呀呀」的難聽響聲後，敞開了一條縫隙。

等到露出半個人那麼寬的時候，就再也沒辦法推動了。

「怎麼回事？」我上上下下打量了門幾眼。簡單的舊式木門而已，並沒有任何暗扣。但是門彷彿被限制住了，就是打不開。而能打開的那道縫，根本就沒辦法讓我們兩個擠出去。

黎諾依側著身，瞇著眼睛往外望。突然，她整個人都僵住了，顫顫巍巍地指著門外，用發啞的聲音道：「阿夜，你看外邊！」

「外邊有什麼？」我奇怪地看向她，之後也閉著一隻眼朝門縫外瞅。

一看之下，我大驚失色。

門外，居然有一堵灰白的牆壁，將門堵得嚴嚴實實。那牆壁，半個多小時前我們下來時根本沒有的。難道，自己找錯了門走錯了路？

我轉動腦袋，先後瞧了一眼。

不，門沒有錯。民宿不知道用了多少年的老舊前臺就在不遠處的狹小空間中，臨近夜晚時我就在那兒辦的入住手續。

但一道牆不可能貿貿然就出現，更不可能在半個小時之內砌起來。難道，這是錯覺？

我將手從門縫裡探了出去，想要摸摸那面不應該存在的牆壁。

「阿夜，小心。」黎諾依擔心地拉著我。

「放心，我心裡有數。」我抽出另一隻手拍了拍她的腦袋，右手探出半個手臂遠，牆壁就接觸到了我的指尖。

硬邦邦的觸感，很粗糙，牆壁沒有想像中那麼冷。但也沒有溫度。入手的感覺很複雜，哪怕是我確確實實的摸到了，也難以形容出那鬼東西究竟是不是牆。

就在這時，門外的牆壁上，突然往外凸出了人頭大的橢圓形來。橢圓的輪廓在中間分成了兩半，如同眼睛一般，睜開了。

「我呿，那就是一隻眼睛。」我嚇得連忙將手縮了回來。

牆上的眼睛，猶如蛇眼一般，直愣愣地用冰冷的視線凝固在我和黎諾依的身上。眼神裡充滿了惡意。

沒過幾秒鐘，整個牆都動了起來。牆臃腫的身體使勁兒地想要往門內擠。彷彿想要將我們抓住。

門發出痛苦的摩擦聲，很快就變形了。眼看撐不了多久就會徹底壞掉。鬼知道那玩意兒進了門後，是不是真的想要我們的命。但是，沒人賭得起。

「跑！」我拉著黎諾依趕忙朝走廊深處逃。

這一跑，我就看到了更加驚悚的一幕。老民宿的一樓，沒有房間的地方，是有窗戶的。斑駁發黃的玻璃哪怕透光度不好，但是仍舊能勉強看得到屋外的風景。黑漆漆的窗外，風刮得正烈，房子隔開的風聲雖然聽不到，但看著就覺得冷。

只是那些窗戶上，居然不知何時，密佈著如蛇般的眼珠子。那無數的眼珠子猶如天幕的繁星，數也數不清，像長在玻璃一般，每一隻眼珠，都死死地盯著我和黎諾依的一舉一動。

我們倆後背發涼，大腦中感應危險的器官幾乎發瘋地警告著我們有生命危險。

如果每一顆眼珠都表示著一個危險的存在的話，我簡直算不清楚，一棟醜陋的民宿外到底有多少致命的恐怖。

那些眼珠到底是什麼？那面會動的牆，又是什麼？

我的大腦忙著處理眼下的危機，根本來不及思考帶給我危機的究竟是啥玩意兒。

我和黎諾依只能一個勁兒的拚命跑。從一樓跑上了二樓。

剛到二樓，黎諾依猛地停住了，不願意再往前走，哪怕只是一步。

「妳看到了什麼？」我嚥下一口緊張，問道。女孩的眼睛死死地盯著不遠處，她的睫毛因為恐懼而抖個不停。她明顯看到了某種令她驚恐的事物。可是在我眼眸裡，二樓的走廊上卻空空蕩蕩的，什麼也沒有。

「諾依，妳到底看到了什麼？」我用力搖晃了她一下。

女孩這才回過神來：「風，有形的風。」

有形的風？我那個呿，自己完全不清楚她在說些什麼。就在黎諾依說完那幾個字的瞬間，一陣風吹了過來，彷彿開膛的子彈，劃開氣流。

「小心！」黎諾依大叫一聲，猛地將自己擋在我跟前。說時遲那時快，我一咬牙，將手裡拽了很久的某個扔了出去。

手心的物品飛出，和空中射來的風撞在一起，泛出一陣陣的漣漪。隨後物體掉落在地上，發出清脆的響聲。

我在黎諾依的身上摸索了幾下，沒發現她受傷，這才鬆了口氣。

驚魂未定的女孩嘴唇都嚇白了，疑惑道：「我沒事？」

「笨蛋，妳剛才差點死了。」我罵了她一聲，內心深處卻極為感動。一個女孩能本能地替我抵擋危險，這要多大的勇氣和意志，才做得到？可自己，卻一直都在逃避這段感情……

「你剛剛用了什麼。咦，小心！」黎諾依再一次的尖叫起來。

我抬頭，終於看到了剛剛襲擊我們的東西。

那是眼睛。又是眼睛！一顆顆的蛇一樣的眼珠子，就像無根浮萍般飄在走廊的空中。二樓走廊的牆壁和玻璃千瘡百孔，如同機關槍掃射後的凶案現場。顯然是被眼珠子撞出了一個個洞。

該死，這些眼珠子，到底是什麼鬼？

「上去，回三樓的房間。」我不敢多待，那些眼珠子一刻不停地看著我們，視線跟蹤著我們的一舉一動。看剛剛撞過來的速度，幾乎和手槍子彈的殺傷力差不多。只要被一顆擊中，非死即傷。

「走，動作快。」我拉著黎諾依繼續上樓。

眼珠子全都飛了過來，發出「噗噗噗」的子彈破空聲。我連忙從褲子口袋裡抓了一把東西，撒了出去。身後碰撞的聲音刺耳欲聾，難聽得要命。但還好，我險之又險地將眼珠子都擋在了樓梯口。

「你撒什麼？」黎諾依逃命的同時，抽空好奇地問：「居然能將那些眼珠子擊落。」

我的臉一陣紅一陣白，憋出這麼一句：「從老男人楊俊飛的倉庫裡偷出來的，等一下跟妳解釋。」

女孩語氣怪異：「你不是一直都不想用那些擁有超自然力量的物品嗎，怎麼突然就改變想法了？」

我啞然：「都說等一下跟妳解釋。」

一路撒著口袋裡的物品，我和黎諾依好不容易才逃回民宿房間中。黎諾依不停地喘息，我也很累，但根本就不敢休息。又將口袋裡的東西掏出來，沿著牆壁的四個面，均勻地撒了一圈。

這才不管不顧的，躺在了骯髒的床上，累得幾乎快要暈厥過去。

黎諾依繞著我撒的東西看了一圈後，緊張地瞅了瞅窗外。外界飄浮的眼珠子亂竄個不停，瘋狂撞擊著門窗牆壁。可是單薄的門和窗戶每每受到撞擊，都會神奇的恢復原狀。門窗外的怪物始終闖不進來。

女孩安心了許多，蹲下身，將我撒下的東西拿了一顆放在手心裡仔細打量：「咦，居然是黃豆？」

「這不是一般的黃豆。」我躺在床上，有氣無力的解釋道：「這些黃豆很有來歷。據說是老男人在南極一棟小木屋中找到的，被裝在一個凍結的口袋裡。經過了數千年大氣層與太陽粒子的碰撞，不知為何就產生了神奇的物理反應。只要將它撒成一個圈，這些豆子就會變成結界，阻擋不超過承受力的物理攻擊。」

黎諾依斜著眼睛看我：「明明是你自己堅持不准用超自然物品的，結果突然就犯戒了。」

「我以前是想法有問題，最近突然想通了。」我苦笑。

女孩「哼哼」了兩聲：「我看你是守護女跑了，面對的勢力越來越強大，什麼想通不想通的。阿夜你明顯是怕了。」

我被她的話堵住了，過了好久才悶悶地說：「妳知道酒鬼嗎？」

「知道啊。」黎諾依走到我身旁，坐在床沿上：「別想轉移話題，我看看你包包裡到底裝了什麼。」

說著就搶過我的隨身包翻找起來。

外邊的撞擊聲響個不停，但至少現在還算安全。我和黎諾依兩人在床上將包包搶過來搶過去。

「所謂酒鬼，便表示人與鬼之間，只差一杯酒而已。」我搶不贏她，最後放棄了，任她在我的包包裡檢查：「許多酒鬼都曾經說過一句話。不喝酒，今天就會死。喝了酒，或許還能多活幾天。最終結果似乎一樣，但是能苟延殘喘，誰不願意呢？」

黎諾依看了我隨身包裡裝著的那些東西，原本因打鬧泛紅的臉頰，瞬間嚇得慘白：「你居然帶了那麼多，不想要命了？」

在楊俊飛的偵探社待久了，再加上這許多年的經歷。她很清楚超自然物體具有的兩面性。你在利用它的時候，自己也會有生命危險。能量不會平白無故地冒出來，畢竟遵循守恆定律。哪怕是最不危險的超自然物品，都會偷走你的命。

我聳了聳肩膀：「我現在的情況和酒鬼很像，不利用這些物品，說不定哪天就突然死掉了。用的話，至少還能多活幾天。」

黎諾依顫抖了幾下，眼角泛出一絲淚：「可是，我不想你死。夜家到底發生了什麼？夢月妹子正在經歷什麼？怎麼就連你都絕望了？」

我沒說話，什麼話也沒說，只是揚起頭，看著床頭窗戶外那些飛翔的邪惡眼睛。狗窩鎮明顯在發生著某種可怕的變化，說不定，那變化一直都存在。至少饒妙晴的父親和哥哥，就曾經知道一些內情。

但是這些能夠獨立飛翔的眼睛，到底是什麼，某種未知生物？還有這紅椿民居，據饒妙晴說已經燒毀了，沒有了，不存在了。可為什麼我們一入狗窩鎮，那麼多酒店民宿，我一個都沒找到。只查到了這個地方？

難道，真的只是巧合？真沒有一股看不見的勢力在暗中操縱著？

黎諾依見我一直不開口，也乖巧的沒有多問。她躺下來，將腦袋蹭在我的手臂上，幽幽道：「我們現在該怎麼辦？」

「先活過今晚吧。」我淡淡地說。聞著她頭髮上甜甜的香味，還有柔軟的體溫，一時間有些恍惚：「妳累了吧，先睡一覺。我們輪流守夜。」

「好，真的是又累又睏了。這個狗窩鎮，鎮如其名，到處都有一股狗騷味，讓人不舒服。」女孩是真的累了，剛把這句話說完，就暈乎乎地陷入了睡夢中。

我皺了皺眉頭。狗騷味？怎麼自己一直都沒有聞到過。輕輕摸了摸黎諾依的腦袋，扯過被子將她窈窕的身體蓋住。突然，我猛地一驚！

沒有錯。空氣裡似乎真的彌漫著一股類似狗騷味的氣息。那氣息淺薄清淡，但是卻無孔不入。沒多久，房間裡就被那古怪的味道塞滿了。

「糟糕，有人放毒。」我的眼皮越來越沉重，想要將黎諾依拍醒。可是剛舉起手臂，就無力地又垂落下去。

無色的氣體從房間的每一個空隙透入，迷茫了我的神經。我拚命地想要抓過隨身小包尋找救命物。可惜徒勞無功，自己終究是沒抵抗住睡意，暈倒在黎諾依身旁。

等清醒過來時，陽光已經直射在我們的臉上。

燥熱的空氣和乾澀的風不停地吹過來，我伸了個懶腰，一屁股坐了起來。黎諾依的腦袋從我的手臂上滑落，磕了一下，也很不舒服的清醒了。

「這是哪兒啊？」女孩揉了揉惺忪的睡眼，當看清楚周圍的環境後，反應比我還大：「我們怎麼躺在地上了？」

我一臉疑惑地望著四周。昨晚明明在紅椿民居的三樓，還遭到飛天眼珠子的追殺。可如今彷彿黃粱一夢。自己和黎諾依躺在一片荒草叢生的空地上，空地的四周被高高的牆壁圍了起來。

這個空間大約有一百多平方公尺，就著白天的太陽，能很清楚地看到荒地上不只有枯黃的亂草，還有大量的垃圾。顯然是周圍居民將這塊荒地，當做了垃圾場。

「阿夜，是你把我揹過來的？」黎諾依迷惑地問：「那個房間終究沒有擋住怪眼睛的攻擊，你怎麼不半路上叫醒我。雖然我不重，但是一個人揹那麼久真是辛苦你了。」

「我可沒揹妳，也沒搬動過妳。妳自己看看那邊。」我伸出手指，指了指不遠處的地面。我們身旁，有一個房間大小的四方界線。那是我昨晚為了躲避怪眼睛的攻擊，撒下的黃豆。

楊俊飛在南極找到的擁有抵禦物理攻擊的黃豆原本是金燦燦的，可現在已經通體發黑，當到了全黑的時候，黃豆的承受力就會到達極限而碎裂。這讓我心驚肉跳。

昨晚有人放迷煙將我和黎諾依弄暈了過去，但是他，終究是沒有突破黃豆的結界。至少我的包，還在旁邊。

可到底是什麼人，驅使怪眼睛攻擊我？還想法設法的迷昏我？他為什麼不殺我們，只是將我們弄暈？那個人，到底有什麼目的？會不會，襲擊我們的人，就是紅椿民居的老闆娘？

一連串的謎，讓我渾身不自在。

「阿夜，你的意思是，我們一直都在這兒，沒有移動過？」黎諾依驚訝道：「可昨晚我們住的民宿去哪兒了？」

「紅椿民居就在這裡。」我輕聲道。

「就在這裡！」黎諾依更驚訝了：「但是，屋子哪去了？」

「不清楚，現有的資料太少，我無法判斷。或許，昨晚一整夜，我們都產生了幻覺。」我嘆了口氣，從地上爬起來，拍了拍身上。然後努嘴示意女孩看向其中的一堆垃圾。

垃圾堆中，有一塊斑駁的路牌。路牌顯然被火燒過，不知道廢棄在這裡多少時日了。可藍色的油漆哪怕脫落得冉厲害，仍舊能勉強辨認出上邊的文字。

「南巷子 114 號紅椿民居」

路牌上的字，赫然如此寫著。同時也明確的告訴我們，這裡，的的確確就是幾年前曾經發生過火災，被燒毀的民宿所在地。

我們昨晚，不是產生了幻覺，就是真見鬼了。

至少，黎諾依是一臉「我呿，老娘一定是遇到鬼了」的複雜表情。我將發黑的黃豆撿起來，放回口袋中。聽到黎諾依又怪叫了一聲：「啊，我的行李全都不見了！」

我環顧四周一眼，確實沒有見到她那一箱子沉重的行李：「妳行李裡有沒有貴重物品？」

黎諾依臉一紅：「倒是沒有，只不過可惜了。難得我和阿夜你單獨出來一趟，本來人家準備了許多有趣的東西在箱子裡呢。」

鬼知道她箱子裡到底裝了什麼兒童不宜的東西。丟了也好！我頓時有股不好的預感，乾笑了兩聲後，全當沒聽到後邊的那段話。掏出手機對著眼前的空地照了好些圖片後，這才道：「走吧。」

已經接近十點半。離饒妙晴的時限只剩不到半小時。黎諾依不停抱怨著，顯然對箱子裡的那些不可描述之物非常惋惜。

租來的車還好好地停在圍牆豁口之外，我試著啟動了一下，汽車發出破爛不堪的難聽聲響，但還能開。車門被撬開過，也有被人翻找的痕跡。但來人小心翼翼，沒有留下任何線索。

這一點，讓我深深感覺偏遠的狗窩鎮猶如一個大漩渦。一踏入鎮上的我們，說不定已經陷入了漩渦中。哪怕是現在逃走，也已經晚了。

開著車，使勁兒踩著油門。我和黎諾依追命似的，終於在十一點前，趕到了狗窩鎮東街 23 號的斗篷咖啡屋前。

一個年級不大的女孩正要離開。

「饒妙晴？」我連忙大喊一聲。

女孩轉頭，看了我一眼後，突然大驚失色，轉頭就逃跑了！

我擦，這算什麼？這到底是怎麼回事？

我，傻了！

第七章 狗窩鎮疑雲

有的人，有的事，遠遠比故事還蹊蹺，比電影還曲折。說的，就是眼前的這一瞬。

狗窩鎮的這間小咖啡館門前，饒妙晴見了我後拔腿就跑的狀況，讓我和黎諾依困惑不已。我們反射性地追了上去。

黎諾依一邊跑一邊抽空問我：「你認識她？」

「不認識。」我搖頭。

那個女孩，我確實第一次見。剛剛雖然只是驚鴻一瞥，但已足夠我看清楚她的模樣。都說一個人的大概性格，可以從那個人的文字和字裡行間看出來。其實不光是性格，就連容貌，有經驗的人也能從那個人的文字裡猜出個大概。

饒妙晴的文章裡，隱約提到自己的時候，對自己的外貌都是滿意和自傲的。所以真見到她時，我才一眼就認了出來。相對小城姑娘而言，她確實挺清秀，皮膚也比普通女孩好一些。在狗窩鎮這個小地方，也稱得上不多得的美女一個。

但是饒妙晴為什麼一見我就逃？還一副受到驚嚇的模樣？她明明不認識我，我們之間的交集僅僅是昨晚一通不過兩分鐘的電話。

我不相信她能透過我的聲音準確猜測出我的模樣。至少這種事，就連我也做不到。

可一個人見到另一個人會下意識的逃走，只有兩個可能。一是她認識對方，對方對自己有威脅。二是，她透過某種途徑獲得了某些消息，例如有人告訴她，多少分鐘後，有人會來傷害她。

追著饒妙晴，我的思緒萬千。饒妙晴的逃走出乎了意料之外，也讓我的心沉入了谷底。昨晚有人襲擊過我和黎諾依，那人透過某種手段，讓我們只能去那家恐怖的民宿居住。他提前在本不應該存在的民宿裡設下重重陷阱。

可那人的目的是什麼？

最重要的有一點是，那個想要謀害我們的人，是不是今天早晨已經提前和饒妙晴接觸過了？

我和黎諾依跑得不算慢，可饒妙晴猶如一隻嚇破了膽子的小兔，憑藉著熟悉的地形，不斷地想要將我們甩掉。

早晨的狗窩鎮，街道上沒什麼人。饒妙晴沒有可以求助的對象，女孩在前方猛地鑽入一條小巷裡。緊接著我和黎諾依也跟著追了進去。

當自己的腳踏入巷子的一瞬間，我的心臟一跳，暗叫聲糟糕。

「該死，八成是陷阱。」我示意黎諾依趕緊往後退，一直退回到街上去。

黎諾依愣了愣，可是真的往後退的時候，卻發現早已經退無可退了。

剛剛進來的小巷入口，那條還算寬敞的大街，竟然在一回頭的功夫消失得無影無蹤。背後，只剩下一面高聳的、封死了的牆！

並不寬敞的小巷子，兩邊是滿滿三樓高的老舊建築。建築的外牆是黃土磚，斑駁的磚面由於燒製得並不好，甚至歲月太長的緣故，許多地方都風化成了黃泥。大量的土蜂在壁上挖掘出一個個的洞，居住在其中。

那密密麻麻的土蜂洞，足以令密集恐懼症患者發瘋。

黎諾依呆滯地看著堵住原本巷子口位置的高聳牆壁，用手拍了拍，膽戰心驚地問：

「阿夜，這面牆，什麼時候出現的？」

「十秒鐘前。」我一邊回答，一邊也走過去，用手輕拍牆壁。

這面突然出現的牆，入手冰涼，但是材質卻和巷子中的土磚完全不一樣。是以混泥土澆成的，和巷子兩側的土牆結合得很好，我甚至完全找不到可以朝對面望的空隙。

「好冷的牆。看起來也不像最近才修好的。」女孩摸著牆面，總覺得牆冷得有些怪。她不由得退後兩步，想要瞅瞅全景。

牆和三層樓的房子一樣高。筆直的混凝土牆在陽光下閃爍著冰冷的色澤，實在不好判斷修好的準確時間。

我掏出手機，打開GPS看了看。果然，我們的方向沒有錯。地圖上根本就沒有這面牆的存在。而且我們跟前兩二公尺外，就是街道。牆，確實是剛剛沒有的，也確實是突然堵住我們的去路。

黎諾依漂亮的大眼睛靈動地轉了兩下：「阿夜，似乎是有人故意將我們堵在巷子裡。他，究竟有什麼目的？」

「不清楚。」我望著背後彎彎曲曲的小巷。這條巷子年代很古老，周圍的房屋也泛著黃土高原上特有的建築特點。哪怕是在快速發展的小城鎮，還留有類似用黃土磚做牆的地方，也極為少有了。

巷子的盡頭，不知通往哪裡。

我撇撇嘴：「不過有一點我倒是可以肯定。用離奇方法堵住我們後路的傢伙，一定是想讓我們往裡走。」

「他在裡邊等著我們？」黎諾依眨巴著眼睛。

「可能性不大。」我想了想後，緩緩的搖頭。那個傢伙無論是什麼目的想要我們走進巷子深處，大概都不是出於善意。既然他能憑空讓一堵水泥牆出現，巷子內肯定也設置了重重機關。

我偏不能如他意。否則，就真的危險了。

自己站在原地打量著這條古老的小巷，沒多久，心裡有了主意。轉頭問黎諾依：「最近妳有跟老女人去上攀岩課吧？」

女孩頓時明白了：「阿夜，你意思是，我們從土牆上爬到別人的屋裡去，藉此離開小巷？」

我笑咪咪地搖頭：「我們翻上房頂，但不離開。這條小巷的結構很有意思，兩排的房子緊緊挨在一起，屋頂都是共用的。我們在房頂上慢慢往裡邊走，偷偷瞅瞅巷子最深處，到底有什麼陷阱。」

「好主意！」黎諾依也笑起來：「這樣做不只打亂了設陷阱人的步調，也打了他個措手不及。而且如果他真的在裡邊的話，我們還能在保證安全的情況下，看到他的模樣。之後再調查他的背景。」

黃土燒成的磚塊在兩旁巷子上不只斑駁，還有許多缺口。坑坑窪窪的表面也有許多可供攀爬的位置。三層樓的高度，不過十公尺罷了。我衡量了一下，哪怕自己的體力很渣，但是爬上去還是沒問題的。

自己衝黎諾依點點頭後，兩人一前一後的尋找攀爬落腳點，爬了上去。正當兩人有驚無險地爬到一樓高的位置時，異變突生。

一股股奇怪的聲音，從牆壁的內部傳了出來。不久，整面牆都在微微顫動。彷彿無數蜜蜂在扇動翅膀。

我頓時嚇得臉色發白，大聲喊道：「下去，快爬下去。」

「土蜂，飛出來了！」

土蜂，全飛出來了！

密密麻麻的土蜂從巢穴裡竄了出來，瘋了似的往我們衝過來。不多時，土蜂已經遮天蔽地，發出的「嗡嗡」聲震耳欲聾。

「什麼鬼？」黎諾依也大驚失色。我們兩人手腳並用地往下爬，看著周圍越來越密集的土蜂，臉色越發的難看。

人類天生就會對蟲子產生恐懼，特別是蜂類。歷史上，每年死在蜂類叮咬的人類，甚至遠遠超過死於車禍。但是土蜂明明屬於比較溫順的中華蜂一類，自己小的時候也曾經用竹籤在老家的土牆上挖過。

溫順的土蜂沒有什麼攻擊性，就算被人從土裡挖出來也懶洋洋的。可這一次為什麼我們明明沒有挖，甚至沒有接觸到土蜂的巢穴，這些土蜂竟然一窩蜂地湧了出來。難道，牆上的土蜂，是有人故意養殖的，是巷子中機關的一部分？

慌亂中，我打量土蜂的模樣，頓時額頭上的冷汗又多了一層。

這些土蜂看起來個頭和中華蜂差不多，模樣也相差不大。但是在尾刺的附近，卻繞著一圈鮮豔的紅色。就連見多識廣的我，頓時也搞不懂牠的品種了。

動物為了避免被吃掉，越是有毒的，越會用鮮豔的顏色裝扮自己，警告對方自己的毒性很強。

我們身旁密密麻麻的不知名土蜂，那尾部的一圈紅在早晨的陽光下反射著致命的危險。顯然，它們是有劇毒的。

但是，土蜂們只是飛在空中，並沒有攻擊我們。任我們爬下了牆壁。安全落地後，我一陣苦笑：「看來有個朋友，鐵了心想讓我們走進巷子裡會面。」

黎諾依緊挨著我，低聲道：「阿夜，你覺得會不會是雅心的勢力在從中作祟？」

「不清楚。」我深深地皺眉：「但從行動風格上來看，不太像。走吧，既然那位朋友要我們往前走，我們就隨他的意思了。總之現在也沒辦法逃了。」

我幫黎諾依拍了拍她身上的土，這才一步一步，緩慢地往巷子內走去。

小巷幽深，曲折連綿，彷彿沒有盡頭。土蜂就留在原地，仍舊「嗡嗡」的飛著，沒有跟過來。

兩側的土牆在眼前延伸，黎諾依顯然有些害怕，她用力地抱著我的胳膊。我們就這樣依偎著，從陽光處走入了背陽處，走了好幾分鐘。彎彎曲曲的小巷，越發的陰森，秋天的陝北天氣原本就冷，在沒有陽光的巷子中，那股陰冷感更加的強烈起來。

當我們走到巷子的盡頭時，兩個人同時腦袋發懵的呆立在原地。

巷子最內部，是土牆圍成的一個凹狀空間。骯髒惡臭，大約有二十多平方公尺。再往前就沒有任何路了。土磚牆壁的後方，仍舊是老舊破的三層樓房。被樓房圍了百分之九十的扇形空間裡，堆積著大量從樓上扔下來的垃圾。

除此之外，就什麼都沒有了。

我看不出這個地方和其他任何城市的老舊住宅區的死角有什麼不同，橫流的污水、垃圾鋪滿地。原本來的時候，我預想了大量可能會發生的可能性，居然一個都沒有猜中。

自己傻站在原地，突然覺得有些不知所措。

「逼我們往裡邊走的那傢伙呢？」黎諾依揉了揉自己的秀髮，笑得很勉強：「這裡邊竟然一個人都沒有，也沒誰在等我們。」

我皺著眉頭：「或許，從一開始我們就想得太複雜了。可能一開始，就沒有人逼我們進來。」

「但是那面突然出現的牆，還有禁止我們爬出去的土蜂又是怎麼回事？」黎諾依反問。

我心臟一跳，轉身拽著她就往回跑：「該死，中了調虎離山之計了。」

「什麼意思？」黎諾依不解道。

我一邊跑一邊解釋：「有人故意將我們的想法引入歧途，那傢伙只是想將我們困在這條巷子裡一會兒，讓我們沒辦法追上饒妙晴。」

果不其然，當我們跑回巷子的入口時，土牆上密密麻麻的土蜂洞，以及橫在入口處高聳的混凝土牆都不見蹤影了。

巷子口外景色依舊，不時有人在街道上走來走去，一片祥和景象。

我們連忙衝到街道上，四處張望，卻什麼疑點也沒發現。那面混凝土牆顯然是某種障眼法，至少從街道上往巷子裡看是看不到的。否則在街道上行走的老街坊們，怎麼可能不對熟悉的地點突然變出了一面牆好奇不已？

至少巷子周圍的店鋪，沒有一個人在議論這個問題。這就意味著，沒有人看到過那面混凝土牆。只有我和黎諾依兩人見到了、摸到了、甚至還實實在在的上當了。

我再次苦笑：「看來讀懂饒妙晴那篇文章的人，並不止我們。有另外一個人，在阻止我們和饒妙晴見面。」

「可那個人，為什麼要那麼做？」黎諾依不解道：「既然這個人能利用某種超自然的力量來困住我們，那麼，那傢伙肯定不是一般人。這個不一般的人，想要從饒妙晴身上，得到什麼？」

「只有有利可圖，才是人類窮凶極惡的原動力。」我勾勒著暗中阻擾我們的傢伙的面貌：「從昨天到今天，有好幾點能夠確定。那個人，不是個以體力取勝的傢伙。否則早就直接跑出來威脅我們了。」

「所以那人應該很瘦，甚至有些內向。他基於某些線索，知道了我們來狗窩鎮的目的。也因為現在還不清楚的原因，在阻撓我們。他手裡有某種東西，可以讓人產生幻覺，卻不具備實質性的殺傷力。」

我摸了摸自己的下巴：「我就只能推測到這幾點了。狗窩鎮人不多，說不定能利用所知的線索將他挖出來。」

黎諾依點點頭：「現在當務之急，應該還是先找到饒妙晴吧？」

「對。既然有人阻止我們，那就意味著，饒妙晴的文章裡蘊含的訊息量，遠遠比我們解讀出來的還多。圍繞著那位英雄的秘密也比我們想像的更加複雜。」

「會不會其實就是那位隱藏在狗窩鎮的英雄在阻止我們挖掘他的秘密呢？」黎諾依迷惑道。

「不大可能。」我解釋：「現有資料顯示，那位元中二英雄不善思考，屬於暴力派。但是阻擾我們的人，屬於腦力派，擅長使用幻覺。」

黎諾依頭都痛了：「我怎麼突然覺得自己陷入了漫威的英雄宇宙裡了。什麼體力系、幻覺系的。」

我揉了揉她的長髮，撇撇嘴：「別想那麼多。無論是中二英雄的怪力氣，還是神秘人令人產生幻覺的怪能力，肯定都是基於某種奇遇或者某種超自然的物品。這次哥帶足了好東西，別怕。」

說著還用力拍了拍隨身的包。

黎諾依頓時牙癢癢的：「你到底從楊俊飛社長的倉庫裡偷了多少好東西啊？」

「在意那麼多幹嘛，會減壽的。就算不減壽也會對皮膚不好。」我撇撇嘴，一邊調侃她，一邊悄悄往後偷看了一眼。

背後，總感覺有若有若無的視線在偷窺。那股偷窺的視線，說不清是善意還是惡意。但總之令我非常的不舒服。

「回咖啡館找找線索。」我走了兩步，將身體擋在窺視者的正前方，在死角位置偷偷地從背包裡掏出一樣東西，遞給黎諾依。

女孩愣了半秒鐘後，將東西藏好。之後沒事人般跟我有說有笑。

我們就這樣彷彿沒發現有人偷窺似的，回到了不久前和饒妙晴約定好的咖啡館中。我試著和服務生溝通，而黎諾依則不斷地撥打饒妙晴的電話，希望藉此聯繫上她。

果不其然，饒妙晴的手機關機了。無法確定她的下落，甚至不知道她跟那個阻擾我們見面的神秘人，是敵對關係，還是朋友關係。

但是我在服務生身上，倒是有了新發現。

「先生，您又回來了？」咖啡廳的服務生看到我之後，先是驚訝了一下，然後不情不願的問好。

我愣了愣，反問道：「我來過？」

「當然。剛剛你不是和一個美女坐在靠窗的位置聊了一會兒嗎？」服務生疑惑道。他在我身上瞅了瞅，又看了看黎諾依一眼，滿臉的羨慕。這貨肯定齷齪地將我定義為換女友很快的花花公子了。

「對，對，對。」我什麼也沒解釋，雲淡風輕地問：「我剛剛有把什麼東西落下吧？」

服務生更加不情願了，慢吞吞地回答：「剛剛您和另一個女孩鬧得很不愉快，那女孩先一步離開了，你走的時候，將手機忘在桌子上了。」

說完，這個本以為自己能白得一部手機的服務生不情不願地將手機從櫃檯取出來還給我。

我看了一眼，揣進口袋裡後，掃視了咖啡廳的格局兩眼。緊接著道：「我有一個請求。你們咖啡廳的監視器畫面，能讓我看一眼嗎？」

服務生連忙搖頭：「為什麼您要看監視器畫面？老闆娘規定了，絕對不行。」

我要看監視器的理由怎麼可能告訴他，況且，他也不一定真的想知道。我笑咪咪地掏出錢包，在他手裡放了幾張大額鈔票：「規矩是死的，人是活的。對吧？」

小城市的咖啡廳都很小，這家叫做斗篷咖啡屋的地方也不例外。偌大的咖啡廳只有一個服務生，大概是為了降低成本，老闆也只雇了我眼前的這個傢伙。而這位店員，很愛占小便宜。

看著手裡的現鈔，店員眼睛都笑瞇了起來。他將我和黎諾依領到休息室，簡單地介紹了如何調監視器的畫面後，就回前臺去了。

休息室很簡陋，間接的說明了咖啡館的主人也不怎麼富裕，甚至咖啡廳的生意談不上好。監視器畫面就存在一台老式電腦的硬碟上。我調了十點的畫面。

斗篷咖啡屋有三台監控器，入口一個，大廳兩個。十點時，饒妙晴準時走進了咖啡廳的大門。

她一個人。

進門後她猶豫了一下，似乎有意無意地注意監視器的位置。最後，她挑了大廳中央靠窗的座位。這個位置非常好，兩個監視器都能清楚地將整個座位，以及附近的景物拍攝得一覽無餘。

「這位饒妙晴小姐很不錯，頗有危機意識，不會無緣無故的相信陌生人，還會刻意保留證據。」我對她選擇的位置非常滿意。

早晨的咖啡廳一直沒有別人進來，女孩掏出手機撥打了幾個電話，之後百無聊賴的玩起手機來。我和黎諾依快轉了一些，當監視器的時間掠過十點四十的時候，監控器畫面陡然閃過一絲扭曲。

咖啡廳的大門，打開了。

看到走進來的事物，我和黎諾依同時大驚失色。

那模樣，是我？

不，那個人，分明不是我！

第八章 恐怖的椅子

人是社會動物，對一個人最嚴厲的懲罰，就是把他排除在社會之外。

但人又是最有個性的動物。每個人都是獨立而唯一的，哪怕雙胞胎也不希望自己的哥哥或者弟弟冒充自己。

所以人類最深沉的恐懼，或許就是另一個自己。所以，人類的都市傳說中才會有類似「三個怪談」的故事。因為每個人都會在某一刻覺得，這個世界有三個和自己長得一模一樣的人，當自己看到他後，就會被相同的自己殺掉，人生被其取代。

我是人類，我同樣無法例外。

所以當一個和我真的一模一樣，就連氣質都毫無差別的人走入咖啡廳，哪怕我心裡早有準備，也從咖啡廳服務生的話中猜出了端倪的情況下，仍舊感到毛骨悚然。

「阿夜，昨晚襲擊我們的傢伙，肯定就是他了。」黎諾依因為害怕而緊緊抓住了我的手，彷彿一鬆開，我就會被換掉：「那個傢伙看來不但能讓人看到幻象，甚至能影響到監視裝備。」

我穩定了一下情緒：「這個冒充了我的傢伙，昨天一定觀察了我一整晚。就是不知道，他跟饒妙晴說了什麼。」

「既然他寧願冒充別人都不願意用自己的真實面貌去見饒妙晴，也就意味著，他害怕被人認出來？」黎諾依反應了過來。

「很有可能。」我點頭：「狗窩鎮不大，一個不大的城市，就意味著處處都是熟人。那傢伙冒充我的本意，肯定不是想要做好事。用我的臉做了壞事後，把黑鍋丟給我，挺好的算盤。」

監視器鏡頭能記錄下影像，但是卻記錄不了聲音。假冒的我和饒妙晴打了招呼，他們坐下聊了起來。

但是很快，就聊完了。

女孩站起身，與其說是憤憤然離開，不如說是急迫的想要逃走。假冒的我站起來抓她，伸手一把沒抓住，女孩逃出一臉慘白地逃出了咖啡館的大門。

我恍然大悟，難怪饒妙晴在咖啡廳門口見到我時，會拔腿就逃。畢竟她想要逃避的，本來就是假冒我的那個人。

假冒的我追了出去，但是在看向窗外的一瞬間，停住了腳步。大概是發現了我和黎諾依在窗外。他看了一眼監視器，表情明顯陰冷的微微一笑。之後將一個手機模樣的東西放在桌子上後，從後門離開了。

「我就知道這隻手機是他故意留下來的。」我嘆了口氣，將神秘人留下的手機從口袋裡拿了出來。

「既然故意留下了手機，看來他肯定是想要和你聯繫。」黎諾依將視線落在了手機上。

「妳想多了。」我聳聳肩膀：「這是個模型機，中空的。」

手機很輕，我輕輕在空中一拋，裡邊頓時傳出了一陣輕微的碰撞聲。

「裡邊留了東西。」黎諾依看我。

我冷笑：「我來猜猜，裡邊肯定是一張紙條，寫了不要礙事，否則會殺掉我，諸如此類的威脅的話。要不要打賭？」

「不賭。」黎諾依搖頭。

我將模型機打開，內部果然露出了一張寫好不久，折疊成了三折的紙條。紙條上寫了幾個歪歪扭扭，非常難看的字：「快滾粗狗窩鎮，滾，再留下殺了你。」

本來還很恐懼的黎諾依，猛地捂嘴笑了起來：「字好醜，這個神秘人知識水準不高，連留下的話都被阿夜你猜得八九不離十了。弄得我剛剛還覺得他神秘兮兮的很有威脅，現在，完全不怕他了。你看，錯別字好多。」

我用手磕了磕桌子：「冒充我的人，十之八九是剛剛才得到那種神秘能力的。雖然掌握得不錯，但是他整個人的格局，並不大。限於知識水準，大約也就國中畢業。想像力也不豐富。奇怪了，這樣的人應該沒有太大的野心，有了超能力肯定會先幹一票大的，偷偷弄些大錢，之後混吃等死才對。」

「但是，狗窩鎮最近並沒有發生什麼大事。他，究竟想要幹嘛？」

我百思不得其解。自己一向都愛為自己的對手做性格畫像，基本上能對個七八成。但是這個神秘人，猶如一個矛盾的綜合體，讓我完全無法精準的判斷他的性格。

想來想去都想不出個所以然來，突然，一直看著監視器畫面的我猛地「咦」了一聲。連忙把畫面倒了回去。

「這裡似乎有點問題。」我看著看著，總覺得螢幕上的那張冒充的我的臉，以及整個咖啡廳，都有些古怪。皺了皺眉，我掏出手機，將畫面拍下來。

當我拍了幾秒後，身旁的黎諾依驚叫一聲，從椅子上摔倒在地。

「妳怎麼了？」我嚇了一跳，望過去。

女孩用力揉著屁股，顯然是摔得太意外了，完全沒有心理準備：「抱歉，抱歉，我看監視器看得太入神了。」

說著，她又坐回了椅子上。

我繼續拍監視器畫面，可沒幾秒鐘，正當要拍到我覺得最奇怪的地方時。黎諾依再次發出一聲驚叫，又一次從椅子上坐到了地上。

這一次，摔得更痛。

女孩臉色慘白，從地上爬起來後，忙不失措地躲到我背後。

「這張椅子，肯定有古怪。」她的聲音在發抖：「剛剛我感覺有什麼在我身旁坐著，就坐在同一張椅子上。它，在拚命地將我往下擠。」

休息室很小，就是一張桌子，一張椅子，還有一台電腦罷了。三平方公尺的空間，哪怕只擺放了這一丁點東西，也被塞得滿滿的。

我看向那張讓黎諾依摔下來兩次的椅子。這是一張極為普通的木椅，沒有扶手，四根實木作為支撐，看起來極為牢固。椅子安安靜靜地放在地板上，看起來沒有任何特別的地方。

猶豫了一下，我坐了上去。黎諾依緊張地注視著我。

這一坐，就足足坐了一分鐘。仍舊沒有任何事情發生，自己沒有感覺到有東西在推我，說實話，整張椅子，坐起來還滿舒服的。明明是木質品，卻有一種軟綿綿的質感。

不，不對！軟綿綿？

我嚇了一大跳，腦袋裡突然閃過了一絲不好的預感。我的喉嚨乾啞地抬頭，問：「諾依，我們剛才進來的時候，休息室有這張椅子嗎？」

黎諾依反射性地掏出手機翻看照片。這小妮子近幾年經歷過很多古怪可怕的案件，所以造成了她只要是查案，每到一個新的場所，都會掏出手機隨手照張照片，充作留存線索。

進休息室時，女孩同樣拍過一張照片。

只看了一眼，她就驚訝地捂住了嘴。手機照片中，休息室裡分明只有桌子、電腦和其他一些無關緊要的雜物。

根本！根本就沒有什麼椅子！

那這張椅子，究竟是什麼時候出現的？

「阿夜，快起來。你坐的椅子，真的是剛才不存在的！」黎諾依大喊一聲。

我不由得苦笑：「抱歉，我現在站不起來。」

「怎麼會站不起來？」女孩有些懵。

「我被這張椅子抓住了。」我笑得更加苦了。椅子的椅背不知何時變了形，兩根木頭如同兩隻手一般，將我的身體牢牢捆住。

我屁股下的觸感，越發的冰冷卻又柔軟，那複雜的感覺令我毛骨悚然。我坐的絕對不是椅子，哪怕那東西是椅子的模樣，但是質感卻像是煮得爛乎乎的軟肉。

「朝我這邊，照一張相。」我衝黎諾依吩咐道。既然眼睛不能看清椅子的真面貌，說不定手機可以。

女孩慌張對著我按下快門。很快，照片就出現在手機螢幕上，當黎諾依看清楚照片後，本來就不好看的臉色，頓時更加難看了。

她嘴唇也轉為蒼白，手不停的發抖，好不容易才控制好手腕的顫，將螢幕轉向我的臉。

只見照片上赫然有著和我們眼睛所見完全不同的景象。我屁股下方，確實坐著什麼東西。但絕非椅子，而是一個人！

具體來說，是一個女人。一個穿著紅色風衣身材姣好，卻已經死去的女人。自己正好一屁股坐在女人的雙乳上，所以才會感覺軟綿綿的。女人的牛仔褲被扯成了破布，下體全都是血。女人的臉埋在我的背後，看不清容貌。

但是女人裸露的腿上，已經出現屍斑，顯然死了至少兩天以上。

女人的雙手，滿是血的雙手，牢牢地將我的腰抱著。手臂已經僵硬，無論用多大的力氣也掰不動。

我和黎諾依都被嚇得不輕。

我低下頭，看到的仍舊是一張椅子。但是我的衣服逐漸變得濕答答，淺色的外套爬上大量的紅。血腥味，也逐漸開始在屋子裡彌漫。

「沒想到，我居然坐在了一具女屍上。」我強自鎮定，女屍雖然死了兩天，但許多地方還沒有完全僵硬。我不清楚變成了椅子的女屍究竟是基於什麼條件反射將我死死抱住，可只要是屍體，就好辦。

最難辦的，是我的眼睛裡，它始終是一把椅子。

「諾依，鎮定，鎮定，深呼吸。」我聲音低了一度，一邊安慰黎諾依，一邊吩咐：「現在拿好手機，開著相機，將螢幕對準我。」

「我才不想多聞屍體的味道。」黎諾依顯然也從最初的震驚中恢復過來，按照我的叮囑擺好手機。

手機螢幕上，哪怕是相機模式，我屁股下的女屍仍舊是椅子的模樣。

「阿夜，沒變化啊。你到底想要幹嘛？」她問。

「等著，剛剛我在監視器畫面上就發現了一些離奇的事情。只是錄影的話，錄製出來的影像，仍舊會被幻象所影響。」我也抽出了自己的手機，打開相機功能，拍攝黎諾依手機的螢幕：「但是不知基於哪種理由，多重錄影的話，就會破解那個神秘人的幻象。」

頓時，令人驚訝的一幕發生了。

黎諾依螢幕裡，我屁股下方的椅子，在我的手機螢幕上，竟然變成了一具女屍。我用一隻手穩定手機，又用另外一隻手摸到包裡的瑞士軍刀。

就著手機螢幕上女屍的位置，我將刀刺在女屍雙手的後肘部某一個位置，割斷了她的韌帶和一些神經。

女屍的雙手頓時如麵條般軟了下來，我掙扎了一下，終於能站起身。而我們的雙眼中，卻只是椅子的椅背損壞了，塌了下去。

「趕緊離開這裡，有話離開後再說。事不宜遲。」我脫身後第一件事，便是抓住黎諾依往外跑。

可事不如意十之八九，休息室的門被人關上了，甚至從外邊上了鎖。

「服務生！快開門。」我用力踢了門兩腳，大喊兩聲。

外邊卻一片死寂，沒有任何人回答。

我的心，再一次沉入了冰窖中。事情真是越發的糟糕透頂，誰知道這個狗窩鎮，處處都是等著人跳下去的陷阱。

如此多的陷阱，真的是一個高中未畢業的小鎮青年的見識，能夠佈置出來的嗎？

這一次，我對自己的猜測猶豫了。

「有沒有人？」我再次大喊一聲。

仍舊沒有任何人回答我，一門之隔的咖啡廳裡，死氣沉沉。自己明明還記得十分鐘前剛進休息室，離櫃檯不遠的地方還坐著兩桌剛點完餐，正談情說愛的年輕人。自己撞得那麼響，門外的人肯定聽得見。

十分鐘而已，那些客人不會那麼快吃完就走。

但是，為什麼竟然沒有一個人回應我？

「情況不太妙！」我心中那股毛骨悚然的不安感，越發的膨大了。

黎諾依扯了扯我的衣服：「阿夜，你不是都藏著一把偵探社配的手槍嗎，對著門開幾槍，門不就開了。」

「妳美劇看多了。」我往後退了幾步：「門被反鎖著，就算開槍子彈也只會陷入木門裡。而且如果擊中金屬，子彈很可能會反彈回來傷到我們。」

眼前監控室的木門並不算結實，我算好門鎖的位置，深吸一口氣，一腳踹在了門上。

門沒開，接連踢了好幾腳。木門總算不堪撞擊，在一聲巨響後，敞開了。

「走。」我拉著女孩才一離開休息室的門，兩人頓時倒吸了一口涼氣。

整間咖啡屋的人，全都死了。

剛剛和我聊天，領我進休息室的服務生，躺在櫃檯上。口吐血沫子。離櫃檯不遠處的兩組客人，一共四個人，同樣也死掉了。腦袋耷拉在餐桌上，血沫子流了一地。

「這是怎麼回事？」也算見過幾次死人的黎諾依，從沒見過如此可怕的死法。大量的血沫子從屍體臉部的所有孔中湧出，幾乎將頭都埋了進去。女孩驚恐不已。

我一臉鐵青地探出手摸了摸服務生的脖子，屍體的溫度已經很低了，脖子上的肌肉，也開始僵硬。

「已經死了至少兩個小時以上。」我判斷道。

「怎麼可能！」黎諾依看了一眼手機：「現在才十二點。阿夜，你說他們早晨十點前就死了。可饒妙晴十點才踏入咖啡廳，接待她的是誰？十分鐘前，你還和服務生聊過。我還親眼看到那兩桌情侶走進來，找位置坐。」

「屍體確實已經死了兩個小時以上。」我嘆了口氣：「這點判斷我還是有的。」

「你的意思是，那些情侶和服務生，早在饒妙晴踏入咖啡廳之前，就已經死亡了？」黎諾依仍舊覺得不可思議。

「沒錯。」我點點頭。

「那我們十分鐘前，看到的是什麼？死人自己在動，阿夜你在和死人聊天談判？」黎諾依反問。

「跟我聊天談判的，恐怕就是兇手。也就是冒充我的傢伙。」我咬了咬嘴唇：「他趕在饒妙晴到來前，殺掉了所有人。我們看到的會動的那些人，是那傢伙的能力，他讓我們看到了幻覺。」

我掏出手機，用手機播放不久前從監控螢幕上錄製的影片。雙重錄製下，神秘兇手的特殊能力果然被剝離了，露出了本來的原貌。剛剛自己都來不及看的真實，顯現在我們的眼前。

黎諾依害怕的猛地退後了兩步。

只見手機螢幕上，燈光黯淡的咖啡廳中，果然沒有打情罵俏的情侶以及走來走去的人，只有死得慘不忍睹的屍體。就連跟我說話的服務生也變了模樣。

我站在櫃檯前，跟一團黑乎乎的陰影在討價還價。那團黑漆漆看不清樣貌、甚至無法判斷究竟是不是人類的東西，在櫃檯後邊，玩弄著服務生屍體的腦袋，彷彿在摸一顆壞掉的球。

真相，有時候比肉眼看到的更加殘忍可怕。在我的記憶裡，當時的服務生，明明在調製一杯好喝的咖啡。誰知道那傢伙，其實正在用手攪動屍體生前嘔吐出來的、令人發嘔的血沫。

神秘人將自己隱藏了起來，我無法判斷他到底是人是鬼還是妖怪。甚至我都搞不清楚，他幹嘛要在饒妙晴進來前，殺掉整間咖啡廳的人。這樣做，有必要嗎？還是他只是單純的喜歡殺人而已？

我再次檢查了服務生屍體，全身上下都沒有外傷，應該是被毒死的。

這個滿是屍體的咖啡廳，實在不能久待。如果神秘人是個喜歡虐殺，殺人對象不分群體、只看喜好的變態的話。又有一個更重要的問題出現了。

我們中了那個神秘人三次陷阱，三次他都只是困住我們，卻沒有殺掉我們。甚至第三次，還特意用手機模型，留言讓我和黎諾依快滾出狗窩鎮。

這是，為什麼？

不容我多想，門外的街道由遠至近傳來了警笛聲。

「糟糕，那變態報警了。」我急切地衝進休息室，拔了電腦的硬碟就和黎諾依從後門溜了。

黎諾依自然不笨，也看出了端倪：「那神秘人想陷害我們？」

用膝蓋想，神秘人的目的都不純良。如果警方闖入後看到我們兩個活人站在一地死人的咖啡廳裡，就算不列為嫌疑犯，也會被帶回警局調查做筆錄。況且真凶的手段層出不窮，誰知道咖啡廳的監視器畫面中，有沒有動手腳，留下某些對我們不利，會將我和黎諾依變成兇手的假線索。

無論是哪方面，兇手似乎都希望我們被困在某個地方。這樣我和黎諾依更加不能失去自由。神秘人顯然是覺得我礙手礙腳，會阻擾他的計畫，甚至揭開他的秘密。

可他，既然不認識我，為什麼會這麼想。而且一次又一次的坑我們？還是說，其實我和黎諾依，在某種自己還不知道的情況下，已經一隻腳牢牢踩在了他的秘密上？

什麼情況下？究竟我們知道些什麼？

不對，黎諾依在昨晚，先我一步看到了本不應該存在於棗樹上的屍體。也就是說，知道秘密的不是我，而是黎諾依？

我和黎諾依是一起開車進入狗窩鎮的，她沒有做過和我不同的事情。

不，說不定只是她沒有注意到，而我也沒有意識到罷了。

究竟是什麼？

到底究竟是什麼？

我們一陣奔跑，先一步逃離了警方。身後不遠處的咖啡廳警笛大作，顯然是警方已經發現了屍體。

時至中午，我和黎諾依到附近隨便找了家餐廳用餐。吃到一半，我終究還是沒想明白，問了黎諾依一句：「諾依，來狗窩鎮，進入紅椿民居前，妳有沒有遇過古怪的事情？」

女孩回憶了片刻後，突然，臉色煞白。

「說不定，真的有。」她捋了捋秀髮，漂亮的容貌因回憶露出了恐懼：「昨天我都還沒太在意，可昨晚到今天，遇到了那麼多事情。說不定，真的和那件事有關。」

「什麼事？」我皺了皺眉頭。

黎諾依再次整理了思緒，緩緩道：「你還記得在進狗窩鎮前，我們一直都在縣道上開車嗎？下午五點過左右，我尿急。就下車，鑽進路旁的樹林野尿。」

提到撒野尿這個不太文雅的詞，女孩發白的臉微微有些紅：「就在樹林裡，我遇到了，一些事情。」

黎諾依緩緩講來，昨天在樹林中的經歷，初想之下，似乎沒什麼好囉嗦的。但是落在今天，卻是細思極恐……

她，到底發現了什麼？當我聽完時，整個人都呆住了！

第九章 街上驚魂

坐車旅行的時候，許多人最怕的就是上廁所的問題。世界很大，公路很長。動輒幾百上千公里的國道、省道、縣道上，其實少有人煙。特別是陝北地界，雖然人口密集程度遠遠的高於新疆和西藏的道路，但是那一條條連結各鄉鎮的紐帶中間，很難找到廁所。

所以無論是坐長途車還是自駕出行的人，其實多多少少都在路旁的樹林裡上過野廁所。

在距離狗窩鎮大約還剩下十幾公里的時候，黎諾依憋尿憋得實在忍不住了，也顧不得不好意思。正在開車的她連忙將車停在路旁，匆匆跟我打了招呼後，就飛也似的逃到了車外。

還沒等我回過神，她的身影已經消失在樹木的後方。

黃土高原在我這次回來時，已經發生了極大的改變。原本黃莽蒼涼，風大時，下車走幾步都可能塞滿一嘴巴的黃土，但最近幾年的植樹造林，出現了大量的新綠。

風沙少了，空氣也乾淨了許多。

道路兩旁漫漫黃土地，變成了厚厚的一層綠化行道樹。

黎諾依怕被人看到，往樹林深處鑽去。滿眼綠色的植物在乾燥的陽光普照下，顯得異常的漂亮。女孩躲在一棵大樹下方，再三確定沒有人會看到後，這才蹲下去小解。搞定後，黎諾依悶了。她慌亂之下只帶了手機，卻沒有帶衛生紙。沒辦法，女孩只好隨便抖幾下屁股，穿好褲子站起來。

膀胱舒服了，黎諾依愜意地順便觀察了一眼四周。

周圍全是樹，大樹。許許多多足足要兩三個成年人才合抱得了的大樹舒展著枝葉，將天空遮盡。

「這些都是什麼樹啊？看起來活了有幾百年了。」黎諾依打量著附近的大樹，實在是分不清楚種類，又像是闊葉又像是灌木。但哪有灌木長那麼粗那麼高的？

她沒在意，轉身往回走。

走了一段路後，判斷應該到了縣道附近。可她穿過了樹林後，預想中的道路並沒有出現。入眼全是莽莽叢林。高大不知名的樹木只有一個品種，蒼茫無盡，黎諾依頓時有些懵了。

自己走錯方向了？

女孩撓了撓秀髮，轉身向自己方便過的方向回去。

這一次很順利，那棵小解過的樹很快就被她找到了。黎諾依再次辨別方向後，找準來時的位置後，又一次出發。

女孩的記性很好，方向感也不錯。雖然剛才尿急跑得很匆忙，但是大致的方位以及跑了多遠，黎諾依還是清清楚楚的記得。

她記憶裡自己是背對著車道小解，只要朝著自己剛剛屁股的方向，一直往前經過三棵樹的距離，約十幾公尺，就能回到車旁。

這一次，黎諾依嚴格按照自己的記憶往回走。她走得很慢，一步一步地觀察著每一棵樹，確定完全沒問題後，向前走了二十幾步。

一步五十幾公分，二十幾步大約就是十三公尺左右。

當她踏出最後一步的時候，女孩整個人都傻了。記憶裡的道路和車都沒有出現，在自己眼前的仍舊是荒莽的樹林，綿延無盡頭。

自己迷路了？只不過是鑽進樹林撒一泡野尿的功夫，自己居然就迷路了。迷失在縣道旁的行道樹中？

黎諾依不知道該緊張還是該好笑。她掏出手機準備打電話給我，結果手機居然搜索不到訊號。

「還好現在的手機都有定位功能！」女孩撇撇嘴，站在原地打開了地圖。

該死，搜尋不到衛星。現代工具，完全失效了！

下午的太陽，在樹林中穿洩而下，留了星星點點的斑痕。彷彿整個森林都生病了，陽光的斑斑，如同一顆顆暗瘡，讓人極為不舒服。

「小解居然都能迷路，等下回去肯定會被阿夜嘲笑。」黎諾依無奈地聳聳肩膀，她一邊自言自語，一邊想辦法。

她試著大喊，喉嚨都快要啞了，可卻沒有人回應她。

太糟糕了！

女孩仔細思索了一下現在的狀況。

重新回到解手的地方再走一次？這個方法肯定行不通。已經試了兩次，如果再嘗試第三次的話，大概也沒什麼好狀況。更有可能的是偏離目的地更遠，迷路得更加厲害。

在老男人的偵探社裡，林芷顏教過黎諾依野外求生守則。如果在樹林裡迷路了，第一是千萬不要走太遠，否則會陷入更糟糕的境地。第二，如果離主道不遠的話，就爬到高點，看清楚路。

黎諾依抬頭瞅了瞅腦袋頂上的高大樹木，很快，她的眼睛鎖定了最高的一棵。

女孩決定爬樹，校準方向。

幸好附近的樹木枝椏都很茂密，爬起來並不算太有難度。可當她真千辛萬苦爬到了樹頂時，黎諾依，完全傻了！

密密麻麻的樹木，佔據了視野裡所有的空間。站在十幾公尺高的樹頂，雖然不過是三層樓的高度，但遠遠望去，看不到盡頭的奇異樹木蜿蜒曲折，淹沒了陝北特有的黃土地。

黎諾依視線所及的範圍內，只有這一種樹，就沒有別的了。女孩完全找不到路在哪兒，車又停在哪兒。

「上次我來陝北的時候，綠化好像沒做得這麼好吧？」黎諾依強自鎮定，她一寸一寸地在這片綠色生機中尋找任何一絲可疑的地點。

沒過多久，她確實在身體右側的綠樹叢中，看到了一點土灰色。原本並不起眼的土灰色在平時根本就很難注意到，但是在綠葉的襯托下，那一絲土灰顏色，就扎眼起來。如同一個通體綠色的人長出的灰白的暗瘡，看起來那麼的噁心。

黎諾依思索了片刻後，決定去那兒瞅瞅。畢竟滿是森林的莽莽荒地，並不適合久待。秋天的陝北特別荒涼，白天還好，可是一旦到了夜晚，在沒有遮蓋的地方，溫度可是會降到零度以下的。

女孩慌忙從車上下來，穿得單薄，絕對不可能抵禦得了夜晚的涼。特別是現在，同伴應該已經從車上出來找她了。

那一絲土灰，說不定就是有人居住的地方。

黎諾依掏出手機看了看，仍舊沒有信號，最糟糕的是樹頂都已經沒有遮蓋了，但還是沒有 GPS 信號。女孩在樹頂往四面八方照相，定位那個土灰顏色的位置後，這才從樹上爬下來。

她按照照片照下來的方向，跌跌撞撞地往那土灰色區塊走去。路途中，女孩放大了照片。那一絲土灰在高處看起來非常小，應該距離她大約幾百公尺。照片放到最大，也看不出個所以然。黎諾依判斷，應該是某種建築。

走了大約十分鐘，這一次很順利。女孩幾乎要走到土灰色建築物的邊緣了，就在這時，她看到樹叢中聳立著一座大約一人高的塔。

塔的模樣很奇怪，方方正正，表面斑駁。但奇怪的是，沒有任何雜草長在它身旁。如同疊疊樂的塔身，一共重疊了七層，每一層都雕刻著許許多多的眼珠子。

土灰色的古塔看起來已經歷經多年歲月，黎諾依不是專業人士，判斷不出那座塔究竟是什麼朝代的、也不清楚蓋在樹林裡要幹嘛用。

她好奇的隨手摸了一下後，突然感覺腦袋一陣恍惚。之後，就聽到了我的喊叫聲。她順著我的喊叫聲走沒多久，就看到我走出車，正在路旁叫喚她。

黎諾依講完後，我沉默了許久。

在自己的印象中，她出去了不過十來分鐘，我以為她只是在路邊上了大號。女孩子上大號我肯定不可能多問。哪想到黎諾依居然經歷了那麼多，而且和我的感官不同，她覺得自己至少在樹林裡迷路了半個多小時。

「妳為什麼當時沒告訴我？」我回憶了一下，黎諾依從樹林裡回來後，似乎有些失魂落魄。我猜她可能是開車開累了。確實，她上了車後，也沒怎麼說話，就在副駕駛座上小憩片刻。

「當時我覺得很累很累，所以也不想說話。睡了一覺後，人舒服多了。」黎諾依敲了敲小腦袋，強笑道：「醒來後不是你在開車嗎，我就忙著用手機查狗窩鎮的住宿資訊。之後一直忙忙碌碌，也就忘了告訴你樹林中的事情。說不定，我的潛意識裡也覺得那只是意外，也沒有危險，不算是大事。」

說到這兒，黎諾依的語氣一沉：「阿夜，你覺得我在樹林裡摸到的那座塔，會不會就是昨天和今天遇到怪事的原因？」

「妳不是照相了嗎？開起來讓我看看。」我暫時無法判斷。

女孩點點頭，將手機裡的相簿點開後，臉色頓時不好看了：「阿夜，我相簿裡的照片，不見了。」

「不見了？」我眨巴著眼睛：「什麼意思？」

「就是不見了。明明我照了森林的照片，還有那座塔的。但是你自己看看。」黎諾依的語氣十分驚訝。

我將她的手機接過來，翻了翻照片。昨天她除了照了一些陝北風情的建築和風景之外，再來就到狗窩鎮內了。她所說的森林和塔的照片，確實一張也沒有。我在照片回收桶裡，也沒有發現。

「妳認為，有人偷偷刪過妳的照片？」我抬頭問。

黎諾依說：「不然還有別的可能嗎？除非我進森林迷路都是幻覺，又或者照片自己消失了！」

我用手指敲了敲桌面，沒吭聲。吃完午飯，已經下午一點過了。進入狗窩鎮後任何有用的線索都沒有找到，對中二英雄的調查也一無所獲。反倒是陷入了一堆又一堆的麻煩之中。

世事不如意，十之八九。

我看了看餐廳的窗外。炙熱的陽光撒在乾燥的空氣裡，但是卻沒有太多的暖意。秋天的狗窩鎮已經很涼了，白天的時間也縮短了許多。

或許，在尋找那個所謂的英雄的事情上，我和黎諾依應該轉換一下思考方式。將黎諾依和我最近遇到的怪事，先處理掉。條條大路通羅馬，在狗窩鎮發生的一切，可能最終都和那位擁有超自然體力的英雄脫不了關係。

想到這兒，我正準備對黎諾依說話時，對面的街道上，傳來了一陣震耳欲聾的爆炸聲。

小餐廳裡的服務生和客人紛紛停住正在進行的活動，一臉驚訝地朝爆炸聲音傳來的方向望去。

「哪家樓房的瓦斯爆炸了？」有人議論。

隨著爆炸聲傳來的是蒸騰起的巨大的煙霧，猶如核彈爆炸般，蘑菇雲一般的煙霧揚起了三十公尺高，餐廳的地板都震動起來。

無數的碎屑隨著爆炸一起吹向天空，炸掉的建築物碎塊彷彿下雨似的跌落，沒多久有些碎塊就掉落到我和黎諾依所在的餐廳外的雨棚上，將雨棚打得啪啦啪啦作響。

甚至一條斷裂的殘肢，落在了大門口。

大腿殘肢的斷處，流了一地的血水。最靠近大門的一對情侶嚇得驚聲尖叫。緊接著，隔著兩棟樓的一座六層高樓，轟然倒塌。

可是自始至終，我都沒搞清楚，那座六層樓，怎麼說倒就倒了！我皺著眉頭，無法判斷那棟倒塌的樓中究竟發生了什麼。如果真的是瓦斯氣爆，以現在的安全措施，絕對不可能有這麼大的陣仗。

六層高樓，在我眼前塌掉。我看得清清楚楚，它分明不是被炸掉的，更像是，被什麼東西推倒了。

一旁的黎諾依用力地拽著我的胳膊，緊張到幾乎快要把指甲掐入我手臂上的肉中。我下意識地望向她，只見女孩的臉色，分明有些不太對勁兒。

她眼神呆滯，一臉恐懼，那雙漂亮的眼睛都嚇得扭曲了。雙眼一眨不眨地死死盯著倒塌高樓的上空。

她，分明是看到了什麼，我看不到的東西。

「諾依，妳看到了什麼？」我沉聲問道。

「怪物！」黎諾依顫抖地吐出幾個字：「有怪物！」

「什麼怪物？」我順著她注視的方向望過去，仍舊什麼沒看到。不光是我，就連街道上慌亂逃跑的人群，以及同樣驚惶失措的飯店客人，彷彿也沒看到。

「什麼樣子的怪物？」我追問道。

黎諾依艱難地說：「我描述不出來，非要說的話，應該是一隻長滿了眼睛的巨大軟體怪物。它用尾巴掃倒了那棟樓。」

我被她的話所震驚。一個長滿眼睛的巨大軟體生物？一個大多數人都看不到的，長滿眼睛的巨大軟體生物？這啥玩意兒，我實在想像不出來。

「它似乎很生氣，正在一路往前爬，想要推倒旁邊的那棟高樓。」黎諾依果然是能看到的，她驚叫了一聲。

就在她話音剛落的時候，已經倒塌樓房隔壁那棟看起來已經有二十多年樓齡的九層高樓，頓時搖晃不止，眼看就要塌了。

樓下的人在尖叫，樓上的人不停地隨著樓的搖晃而大呼大喊，甚至有人直接從窗戶裡跳了下來，摔得粉碎。

整個世界，陷入了混亂。喧譁吵鬧、恐懼的大叫聲此起彼伏，如同所有人都被放入了沸水中，隨時都會被煮熟。

正在這危急的關頭，有一襲刺眼的紅，從另一棟樓閃過，接連在樓頂跳來跳去，直到跳上那棟快要倒塌的九層高樓上。

搖晃不止的樓，被那人踩上去後，猶如有了定海神針，竟然穩定了下來。

「哈哈哈。」那人大聲笑著。他的聲音很年輕。他戴著紅色面具，穿著紅披風，脖子上繫著紅領巾，踩著解放牌布鞋。紅色的內褲在緊身褲外套著。

當我看清楚這傢伙的模樣後，頓時精神一振。踏破鐵鞋無覓處，得來全不費工夫。如此有辨識度的打扮，這傢伙，不正是我和黎諾依要尋找的中二病英雄嗎？

從前只聽過其他人對這位英雄的描述，還沒有什麼直觀的感受。這次親眼看到了後，只覺得他的打扮比別人描述的還要浮誇。

「哇哈哈哈哈。」英雄站在樓頂，拉風的紅色披風隨著大風而飄舞，他極為騷包地揮動手，看著樓前的一團空氣，大聲道：「燧石受到的敲打越厲害，發出的光就越燦爛。凡人們，你們被磨礪後，偉大的我就回來拯救你們。」

我撓了撓下巴，不知道該怎麼評價，只好私下吐槽了一句：「雖然詞不達意，但果然和郭勇說的一樣，那英雄喜歡朗讀馬克思的名言。奇怪了，他幹嘛要這樣？主要是為了吸引人注意，還是為了努力彰顯自我風格？」

黎諾依拉了拉我：「他在跟那個巨大的軟體怪物喊叫。快看，軟體怪物注意到他了，要攻擊他了。」

肉眼無法看到的空氣中，一陣陣破風聲隨之響起！

英雄就地跳了起來。聲波掠過，彷彿飛機破開了音障，響徹四周。無形的攻擊從英雄的腳下飛走，遠遠的，幾百公尺外，一棟樓上的廣播鐵塔發出了刺耳的摩擦聲。那攻擊，竟然將鐵塔攔腰切斷。

眼看著幾十噸重的鐵塔就要倒下來，樓下出來看熱鬧的人群根本來不及躲避，尖叫聲不絕於耳。戴著紅色面具的英雄發出嘻嘻一笑，落地的雙腿在屋頂一踩，整個人騰空飛出了百米遠。很快，他就踩著一棟一棟的樓，險之又險的跳到了掉下的半截鐵塔之下。

英雄夾在地面人群和空中的半截鐵塔之間，紅色披風被風颳得「嘩啦」作響。他的身軀和鐵塔相比渺小得猶如螞蟻。在眾人的驚呼以及我的不可思議中，他竟然凌空一把抓住了鐵塔。

鐵塔被他抓住，帶著他從二十幾公尺的高空墜落。英雄伸腿踩住了大樓的外牆，不斷藉著外牆摩擦減速。十幾年樓齡的大樓外牆上的瓷磚被磨掉了一大截，「稀裡嘩啦」下雨般落個不停。瓷磚磨掉了，甚至連外牆的鋼筋水泥，也被摩擦出深深的一道拖痕。

極有畫面感的一幕，看得我目瞪口呆。我就如同在電影院看美國漫威的超級英雄電影，下巴都震驚得一直合不攏。

英雄有驚無險的落地後，手一直高高舉起。那半截重達十多噸的廣播塔仍舊被他高舉在右手上。一直都只是右手單舉而已。一個渺小的人類，竟然在十幾公尺的高空，舉著十多噸的鐵塔掉下來還安然無恙，甚至，就連地面都只被踩出了不足五公分的坑。

這根本不科學，完全顛覆了物理定律。

由不得我不承認眼前的一幕。紅披風英雄輕巧地將鐵塔放在地上。只見地面發出難聽的響，周圍的樓，似乎都被鐵塔的重量猛地震了一下。

「阿夜，那怪物又要攻擊了。」黎諾依緊張的把我抓得更緊了。

面對這場看不見的戰場，我很是無奈。眼睛需要接受的訊息量實在太大，我覺得自己腦袋都快要忙不過來了。

顯然，黎諾依看到的東西，英雄也察覺到了。他腳尖在地上輕輕一點，整個人拔空而起，飛了十公尺高後，腿先後一踢大樓外牆，身體就在反作用力下如子彈般飛到了剛剛怪物的位置。

無形的怪物，它的攻擊同樣無聲無息。大樓又劇烈搖晃了起來，眼看那棟樓就要不堪揉捏，行將倒塌了。說時遲那時快，英雄一腳踩在大樓頂。不停搖晃的大樓，彷彿被千鈞重量壓住，再一次穩定下來。

「我操，你夠了哈。眼瞅著我救人的功夫攻擊無辜。作為怪物，你一點國際精神都沒有。算了，你逼我的！」英雄顯然覺得自己又要穩住大樓不塌，又要避開怪物的攻擊，實在是太麻煩了。

我眼巴巴地看著他一個人站在樓頂演獨角戲，問黎諾依：「那傢伙是不是要出大招了？」

「看起來是。」黎諾依點頭：「英雄有點不開心了。」

「怪物呢？」我又問。

女孩眨巴一下眼睛：「還是那麼囂張。不好！它準備又要攻擊了。」

「放心，漂亮的小姐姐。它沒機會攻擊了。」站在幾百公尺樓頂的英雄，竟然像是聽到了我跟黎諾依的談話。他轉過頭來，用戴著面具的臉衝著黎諾依自以為俏皮地眨了眨眼睛。

但黎諾依只覺得噁心。

英雄說完，就從口袋裡掏出了一本書。哪怕是隔了很遠，我依稀也能看到，那本書，很厚，非常的厚。再多的細節就看不清楚了。我連忙從背包裡掏出一個小巧的望遠鏡。

剛將望遠鏡架在雙眼之上，對準那本書，想要看個仔細的時候。英雄好巧不巧地翻開了書，頓時，萬丈金光從書中流瀉出來，那拉風到核爆炸亮度的光，險些閃瞎了我的鈦合金狗眼。

「我那個呿！」我一把扔掉望遠鏡，捂住了眼睛。閉目休息了幾秒鐘後，生怕錯過這場戰鬥的細節。只好強自忍痛張開了眼。

英雄手中的光，猶如太陽，刺得所有人都眼睛難受。我想都沒想，掏出兩隻墨鏡，一隻自己戴上，一隻遞給黎諾依：「我盯著英雄，妳幫我仔細看清楚那個我看不到的怪物的情況。」

女孩戴著墨鏡，緊張的觀察戰局。

戴著墨鏡眼睛終於舒服了些，但是書中射出的光，明顯有些異常。不光是可見光，在墨鏡的世界裡，金光被分割成了一絲一絲的綢帶，每一根綢帶，都像是擁有實質的攻擊力。

「英雄掏出書後，那軟體怪物顯然有些怕了，想要逃。」黎諾依在我耳畔解說。

「想要逃，晚了！要跑你早溜啊。非要惹毛我送你上西天。」英雄翻了兩頁書，開始閱讀書上的文字：「青春的光輝，理想的鑰匙，生命的意義，乃至人類的生存、發展全包含在這兩個字之中……奮鬥！」

「那本書裡散發出來的奇異光線，你看得到嗎？」黎諾依問：「在英雄讀書的時候，那些光線變化了。」

確實，我透過墨鏡，看到了肉眼看不到的許多細節。綢緞一般的光，流動起來，五彩斑斕。接觸到樓前的一塊巨大空氣時，頓時纏在了空氣上。

被光線纏繞的空氣，顯現出了一個巨大的輪廓。看模樣，分明是黎諾依描述過的軟體怪物。怪物高大，像隻巨大的蛞蝓。它在光帶中痛苦的掙扎，扭曲著龐大的身體。

附近的樓房，都在它的掙扎中顫抖。

「只有奮鬥，才能治癒過去的創傷；只有奮鬥，才是我們民族的希望和光明所在。」英雄重重地念完這句話後，「啪」的一聲，將手中的書合攏。

萬丈金光頓時消失得無影無蹤。

「怪物，沒有了？」黎諾依虛脫般，吐出這麼五個字，整個人都鬆了口氣，無力地靠在了我的肩膀上。

「打完收工。」英雄將書放回口袋裡，一拉紅披風，招搖地衝著樓下遇到危險以及沒遇到危險只是看個熱鬧的小鎮居民不停的招手。

之後就一如突來時那樣，從樓頂向遠方跳去。

「英雄請留步！」我大喊一聲。

英雄根本就沒有理我，清風般，已經飄遠到了視線的盡頭。這傢伙耳朵靈得很，肯定聽得到我的呼叫。可他，壓根就不在乎我在叫他。或者說，他，假裝沒有聽見。

「英雄走了。」黎諾依摘下墨鏡，見我一臉不甘心的模樣，噗哧一下笑出了聲音來：「阿夜，好久沒見過你一臉吃了屎的複雜模樣了。」

「妳才吃屎了。」我瞪了她一眼，之後也不知為何笑出了聲音：「完全就像看了一場真人版的漫威英雄電影。」

「對啊，剛開始我還有點恐懼。後來突然就不怕了，完全沒代入感，也沒什麼真實性。」黎諾依望著一片狼藉的街道：「如果不是那些戰鬥後已經變成危樓的建築，還有斷掉的半截鐵塔，我都覺得，自己只不過做了一場精彩的夢罷了。」

我的視線也留在了被英雄和怪物弄得亂七八糟的城市那一角，過了好久，才收回來。

「找家酒店住下吧，今晚好好休息一下，整理線索。」我嘆了口氣，帶著黎諾依離開了周圍議論紛紛、驚魂未定的人群。

關於英雄手中的那本書，雖然只有一瞬間，但我仍舊看清楚了書的模樣，甚至看到了書上的文字。

書很老，書皮上赫然寫著——《馬克思哲學思想》。

我擦，這是怎麼回事？什麼時候馬克思思想可以袪除怪物了？自己是穿越時空了，還是離開了現有的宇宙，到了平行世界？

不對。單純的書和語言文字，是不可能殺死怪物的。何況，狗窩鎮中的怪物，我聞所未聞，也從未在任何歷史文獻資料中出現過。對此，我沒任何線索。

但是，英雄為什麼要對著怪物讀馬克思名言？從前我以為這只是他的個人喜好和彰顯個性的手段。可，或許，我錯了。

說不定，他必須要宣讀書上的文字，才有作用。或許這位英雄，連馬克思理論也搞不懂呢。至少，他在讀書上文字殺死怪物時，就算透過紅色面具，我也能讀出他那濃濃的不耐煩感。

這位英雄，顯然不是個愛讀書的傢伙。他是，不得不讀。

狗窩鎮上的疑雲，越來越古怪。紅色披風的蒙面英雄；會讓人產生幻覺且一直坑我們的神秘人；狗窩鎮外品種單一的森林，還有那長滿眼睛的古怪石塔。最重要的是，鎮上出沒的巨大怪物，究竟是什麼存在？

這些疑惑，無一不挑戰著我的心理承受力。

看來，是時候，該調查一下饒妙晴的家了。

第十章 屋中驚魂

來狗窩鎮兩天了，足足兩天時間，我的大部分時候都是在混亂中度過的。或許黎諾依也跟我一個樣。不久前英雄和怪物的戰鬥，我只看了半場，畢竟我看不到怪物，只能見識英雄耍帥的動作。

但是黎諾依看到了全場。也正因為看完了全場，所以她一路上，都有些沉默。

我開著車，腦中思緒萬千。饒妙晴在文章裡用的是真實的名字，但是我們除了她的電話號碼外，什麼也不知道。

可是女孩在文章中其實透露了大量的資訊。她住在老舊的院落裡，一棟六層的樓房。不久前曾經出現過怪物綁架事件。在眾目睽睽下，她的媽媽和哥哥被看不見的怪物，拖走失蹤了。

這全都是有利調查的方向。

我一大早就將資料傳給了老男人的偵探社。半個多小時前，偵探社的調查結果出來了。狗窩鎮這幾年，果然不太平。小鎮市區以及周邊，三年時間中發生過大大小小的騷亂事件多達六十餘起。

每一起騷亂，都很快的平息了。當地媒體以及群眾，極少有人公開談論的。就連外地媒體去採訪，大家都眾口一詞的說是天然氣爆炸或者電器短路造成火災……等等藉口，搪塞過去。

所有人，似乎都在統一的保守著一個秘密。

或許，正是這個城市，有一個英雄仕和城市裡遊蕩的怪物戰鬥的秘密。現階段，我只能如此猜測。

都說人性本惡，至少在狗窩鎮，幾萬人都能保持著對這秘密的守口如瓶。這一點非常的不容易。至於小鎮居民是感恩英雄在三年期間不斷地拯救他們，還是另有原因，我不得而知。又或者，英雄和怪物，只是狗窩鎮裡隱藏的驚天秘密的其中之一？

所以在本地論壇上，關於剛剛驚鴻　瞥的英雄，極少出現。有也只是隻言片語，外地人只會將其當做都市傳說。像饒妙晴那麼詳細敘述出自己和英雄見面故事的文章，幾乎絕無僅有。

哪怕是那篇文章，在我好運地看完之後沒多久，也被論壇的管理員刪除了。這讓我不得不保持一個懷疑。究竟是小鎮居民們有默契地在保護那個英雄的秘密，還是，大家都另有目的呢？

現有資訊太少，對此，我也沒再多想。不過楊俊飛偵探社彙整了所有的資訊後，倒是找到了饒妙晴的居住地。整個狗窩鎮姓繞的挺多，幾萬人也確有同名同姓的。但眾目睽睽下發生失蹤的地方並不多。

將幾個同名同姓的饒妙晴的居住地對比後，我們需要的饒妙晴位址，呼之欲出。狗窩鎮老狗灣路 71 號，六棟三樓 02。距離我們跟饒妙晴約定的咖啡廳，開車要二十幾分鐘時間。那女孩果然是很有警戒心，在不大的狗窩鎮，她特意找了一家穿城才能到達的地點。

可惜，饒妙晴也失蹤了。她的電話至今都打不通。我一直在猜測，應該是神秘人基於某種目的，將她綁架了。

如果英雄是怪物的相對方，那麼，那個綁架饒妙晴，一直對我跟黎諾依保持敵意的神秘人，又和狗窩鎮遊蕩的怪物是什麼關係呢？

黎諾依出奇的安靜，不知道腦袋瓜子裡在想些什麼。十多分鐘後，我們駕車抵達了老狗灣路口，車就被石欄杆攔住，沒辦法繼續往內部開。自己隨意將車停下，和黎諾依一同下車後，深吸了一口車外的空氣。

冰冷的秋日氣息，撲面而來。老狗灣路屬於狗窩鎮的老城區，古老的建築此起彼伏，許多建築外牆上還畫了記載狗窩鎮歷史的壁畫，很有韻味。

這裡多是一層樓高的灰牆灰瓦建築，側面看三角形的飛簷高高聳起，就著街道併做兩排。聯排的房屋上，每一棟都有兩根方方正正，高聳的煙囪，從灰色瓦片的斜頂上刺出來。非常有地方特色。

要進老狗灣路需要路過一個小廣場，廣場周圍全都用圓形石樁圍攏，只准行人通過。廣場正中央，一棵巨大得不知道年歲的柿子樹，掉光了大部分的樹葉。盡顯滄桑。缺牙漏縫的樹枝與樹葉間，甚至還能看到許多已經風化乾癟的柿子，紅燈籠般，一個個掛在樹梢。

「好有韻味的廣場。」黎諾依不由得走到了高大的柿子樹下，透過樹枝望向天空。她感嘆了一句：「假如人生也有這麼韻味就好了。不需要多少錢，中產就好。一個老公，一兒一女湊成好字。平平淡淡、健健康康。」

「妳的話就像是個老年人。」我聳聳肩膀，和她肩並肩，站在那棵要幾人合抱才能圍起的樹下。突然感覺心平靜了許多。古老的樹木，隨風輕擺的樹葉，總是讓人心平氣順。

「能平安的活到老年，也挺好。」黎諾依又感嘆了一句。

我轉頭望著她，看著她曲線優美的側顏，以及不知從哪染來的淡淡憂愁。心裡很不是滋味，自己確實虧欠她，虧欠得太多。甚至，無法給她哪怕是一個承諾。黎諾依冰雪聰明，哪裡不知道我的想法。但她，從來都是替我著想的……

「走吧，儘快去饒妙晴家找線索。」我晃了晃腦袋，將莫名的情緒甩開，拽著她往裡走。黎諾依自從走入老狗灣路後，情緒就顯得更加低落了。我想開口問，又不知該從何處問起。只能先將快要出口的問，嚥下去。

走過廣場後，就正式進入了老狗灣路。這條路和饒妙晴文章中的描述幾乎一模一樣。走沒多遠，就看到一個佛龕。佛龕不大不高，在一棟樓下的，也沒有善男信女供奉什麼香火。

石頭雕出的佛龕大約五十公分高，外表非常樸素，而且和灰牆渾然一體。不仔細看的話，甚至會忽略它的存在。

看了幾眼後，我突然「咦」了一聲。連忙走到佛龕，蹲下身，上下打量。

黎諾依奇怪地問：「佛龕怎麼了？」

「這絕對不是佛龕。」我沉聲道。

「看起來明明是個祭拜土地公公什麼的佛龕嘛。」女孩也瞅了瞅，沒看懂。

「土地公公是道教的神仙。但這龕，似乎不是用來供奉道教、截教甚至闡教神人的。」我摸著下巴，敲了敲龕的外殼。結實的回聲顯然是表示，這個龕是實心的，但裡邊什麼也沒有。

龕的外形，就如同老狗灣路上的老派建築。正面刻著門和窗戶。窗戶裡隱隱約約用浮雕技藝刻著某種東西。但是年歲太老，風化剝蝕得太厲害，已經看不太清楚了。

「或許裡邊供奉的，是狗窩鎮本地的神吧。畢竟狗窩鎮本來就有自己獨特的文化。」我只能簡單地照幾張照片，準備事後委託老男人楊俊飛，看能不能用數位復原技術以及現在流行 AI 智慧聯想來對石龕進行復原。

黎諾依和我越過石龕後，迅速地來到了饒妙晴家的樓下。那是一棟六層高的小樓，建築年代應該是四十幾年前。斑駁的外牆嚴重剝落，外牆上還有許多空調漏水造成的骯髒青苔。

要進樓中，需要經過一條長長的小巷子。巷子完全沒有採光，頭頂僅剩的一線天，也被大量外突的金屬護欄以及亂掛的衣物掩蓋。

6棟三樓02的房門緊閉著，看起來已經好長一段時間沒有人住了。門上新貼了許多牛皮癬般的小廣告，甚至滿地撒滿了促銷的小卡片。一整層樓，似乎也就僅剩下饒妙晴一家在居住。另外幾戶人家，大門緊閉。鐵門由於久沒有打理，鐵銹斑斑。

我先是在用力敲了敲302房的門。等了一會兒，果然沒人應門。

「看來母親和哥哥失蹤後，饒妙晴也沒敢在家裡住了。」我猜測道。看了門鎖兩眼，便二一添作五，用開鎖器將門鎖給撥開了。

門發出刺耳的「喀吱」聲，露出了屋裡黑漆漆的風景。

「噓，小聲點。我們進去。」我壓低聲音，示意黎諾依跟自己進入屋內，隨後再將門重新關上。

明明是下午，屋裡卻沒有一絲光線，甚至能聞到空氣不對流的黴臭。饒妙晴離開時不知為何，似乎將門窗全關上了，就連窗簾也都拉上了。

我將電燈打開，昏暗的光，終於稍微將四周點亮。饒妙晴的媽媽顯然很節儉，燈泡的瓦數很低，一盞燈，只能照亮很小的範圍。

屋內有匆忙收拾過行李的痕跡。饒妙晴一家四口曾經在這裡住了足足四十多年，悠長的歲月在家的每一吋，都顯露出它們的溫馨烙印。

不大的家裡，牆上冰箱上，都貼著一家四口的照片。我很快就在照片上認出了饒妙晴來。這個小城女孩確實很清秀，哪怕是照相，眉宇間甚至都有一絲固執。她的性格，應該也是個遇事堅定、絕不放棄的人。

我和黎諾依用半個小時，將兩房一廳的家裡裡外外的翻找了一遍。卻什麼有用的東西都沒發現。

「果然只是個普通家庭罷了，雖然饒妙晴文章裡的遭遇驚險刺激，可平凡生活就只是平凡普通而已。」我特意到了饒妙晴提及的會做噩夢的房間。

整個房間僅有七平方公尺多一點，一張小床，用桐油刷過的老式木桌椅就是全部的擺設。完全看不出，房間裡會發生可怕的事情。

饒妙晴臨走時，帶走了所有有紀念意義，甚至可能是很重要的東西。一無所獲的可能性，在我來的路上，就已經預想過了。但現在完全沒有收穫，還是讓我心裡有些不太爽。

「阿夜，妳看我找到了什麼？」翻找書桌的黎諾依突然喊道。

我連忙走了過去：「有發現？」

「你看。」女孩邀功似的，將一個手掌大小的記事本遞給我。自己略微翻看了一下，記事本上寫著一些亂七八糟的東西。顯然是饒妙晴曾經記過一段時間的生活流水帳，但是沒幾天就放棄了。

可是在記事本的底頁，兩串數字和英文映入眼簾。

我頓時眼前一亮，驚喜不已。

這些數字和英文字母的組合，顯然是某個帳戶的用戶名和密碼！

「你猜這是什麼帳戶？」黎諾依問。

「還需要猜嗎？自己名字的拼音，密碼是數字和英文混合，第一個字母還特意大寫了。」我撇撇嘴：「饒妙晴用的是什麼手機？」

「我怎麼可能知道。」黎諾依摸著長髮。

「雖然只見一面，她拔腿就跑。」我搖搖腦袋：「不過，我倒是看清楚了。她手裡拽著新款 iPhone。」

黎諾依渾身一抖，欣喜道：「如果真是 iPhone，這又真的是用戶名和密碼，說不定我們能用尋找手機的功能，找到饒妙晴目前的位置。」

說到這兒，女孩猶豫了：「可是她一直都關機啊。」

「不一定是關機了。或許她只是將手機設定成固定連絡人才能撥通的狀態。」我一邊說，一邊掏出筆記型電腦，登上了 iPhone 的官網。輸入用戶名以及密碼後，真的成功登錄了。

點下「尋找我的手機」後沒多久。地圖上的一個紅色小圖釘就移動起來，最終固定在狗窩鎮左側不遠處。

「居然是這裡！」」黎諾依將地圖放大後，整個人都驚呆了。我看著地圖，也同樣沉默了半晌。

那個位置，有一條道路。那是狗窩鎮唯一能進出的主幹道，也正是黎諾依所提及的，長滿眼睛的石塔的所在地。

饒妙晴，怎麼去了那兒？

震驚的黎諾依轉動僵硬的腦袋，看向我：「阿夜，我們要去找找看嗎？說不定，這是陷阱！」

「到底是不是陷阱，我沒辦法判斷。」我苦笑：「其實我一直都有一個預感，在妳講完自己的經歷時，我就覺得咱們有可能會去那座石塔林一趟。早去也是去，晚去也是去。如果饒妙晴正是被神秘人抓了，綁架到石塔附近，我們肯定是要去將她救出來的。」

我在房間裡走了一圈後，思索來思索去，最終決定：「今天太晚了，先回酒店好好休息。明天天一亮，就去石塔看看。」

就這樣我們離開了饒妙晴的家。臨關門前，我轉身最後看了一眼，這間陰暗破舊的房子。敞開的書房，在黯淡的光線下，顯得邪氣無比。泛黃的窗簾被窗外的風吹動，猶如被鬼怪拉扯的破布，晃個不停。

關了門，我向前走了幾步，猛地停住了腳。瘋了似的再次將大門打開。

「怎麼了？」黎諾依不解地問。

「沒什麼，走，走吧。」我的臉色鐵青，卻又裝作沒事人般催促她離開。

我拉著她下了樓梯，迅速的上車。

「你的臉色不太好看。」黎諾依抓住了我發抖的手：「你究竟在那房間裡看到了什麼？」

我稍微穩定情緒：「饒妙晴的家，明明窗戶玻璃全都關好了。可我卻看到了書房的窗簾在動。」

「你的意思是，窗簾後邊，藏了什麼人？」女孩問：「不對啊。阿夜，你明明膽子很大。窗簾後邊真有人，你早就跳過去逮住他了。」

「躲的不是人。」我沒再多說，只是眼睛若有若無地瞟向黎諾依的側臉。開車的女孩，並沒有注意到我的視線。

有一件事，我根本不敢說出口。饒妙晴家的玄關前懸掛著一面圓形的鏡子。鏡子裡，通常都會映照出不一樣的世界。我的眼睛就看到了不一樣的世界。鏡子中，書房窗簾的背後伸出了一隻黑漆漆的爪子。

它殭屍似的皮膚滿是邪氣，爪子在黯淡的房間中延伸，一直探向黎諾依的脖子。

就在它快要拽住女孩的前一秒，我「啪」的一聲，將門關上了。可是關得終究有些晚。那爪子骯髒的長指甲，稍微劃到了黎諾依脖子上的皮膚。

女孩什麼都沒有察覺，她似乎也看不到那隻邪惡的手。

坐在車上，我不停打量黎諾依被劃傷的脖子。在被指甲劃到的地方，赫然出現了一個灰色的斑點。不大，小指母的指甲大小。

但是那雪白皮膚上的灰，顯得極為刺眼。

經歷過無數次冒險，看過無數人死亡的我，哪可能判斷不出來，那灰色斑點究竟是什麼東西。

那分明是——

屍斑！

第十一章 恐怖森林

風物長宜放眼量。不要忘記弱小者已經沒有聲音了。他們不是因為幸福才沒有聲音，而是滅亡了。

這個世界，因為弱小而滅亡的事情還有很多。特別是在狗窩鎮。小鎮數千年的歷史，都是由殘忍的競爭寫就的。激烈的生存競爭，以及匱乏的自然資源，讓狗窩鎮的人一千多年都靠著養殖、販賣偷盜各種狗，殺掉後賣狗肉維持自己卑微的生命。

雖然現在這小鎮已經好太多，不至於再殺狗取肉，而是轉型全鎮養殖寵物狗。但一千多年來殘酷造就的剽悍民風，哪裡是說改就能改掉的！

黎諾依昨晚大概是真的被鬼蒙了眼，她查來查去在狗窩鎮只查到了一家民宿；而在那家民宿，紅椿民居中，我們險些死掉。

今天隨便一找，狗窩鎮的酒店有好幾家。只不過從前臺到服務生，彷彿都心情不好，一臉被欠了幾萬塊的要死不活模樣。脾氣，自然也是一個比一個的大。

我和黎諾依今晚訂的酒店，叫狗宴連鎖。一聽就知道老闆是開狗肉館子發家的，說起來前臺的服務生還偷偷地問我要不要吃狗肉。

我們完全接受不了，當然使勁兒的搖頭。就是從那時候開始，整個酒店的人都對我們不太熱情了。我甚至都有一種，自己是不是進了黑店的錯覺。

狗宴連鎖酒店的客房還算乾淨整潔，有一切快捷酒店的優點和缺點，網路速度也不錯。晚飯隨意在餐廳吃了一些後，我和黎諾依就開始各忙各的。

自己一直都在電腦前查資料，可是有關那片詭異森林的記載，當地論壇一丁點資料都沒有。黎諾依則站在客房的落地窗前，望著窗外發呆。

我們兩個之間彷彿有一層無形的隔閡，我有意無意地瞟著女孩窈窕的背影，她脖子上那刺眼的灰色，令我擔心無比。

還好，黎諾依至今還沒有發現。

我嘆了口氣，心煩意亂。也無心再繼續搜尋資料了，深呼吸幾次後，在電腦上打開一個文字檔，開始整理自己的思緒。

狗窩鎮本身就是一個疑點很多的地方。首先，那位個性極為張揚、特點鮮明的英雄。他應該是長期守護著這個城市。為什麼，他會守護這座城？第二，狗窩鎮中出現的怪物是怎樣的存在？那些怪物普通人看不到。但卻有實體，能夠攻擊人和建築物。能夠造成實實在在的物理傷害。第三，英雄，自然是和邪惡敵對。有英雄，肯定有邪惡勢力。怪物就是邪惡勢力？還是說，那個已經謀害我和黎諾依好幾次的神秘人，才是邪惡反方？

第四，似乎只有狗窩鎮方圓十多公里才會出現怪物。可為什麼前一段時間，怪物竟然出現在深圳的三和？三和距離狗窩鎮，直線距離足足有兩千多公里。可英雄，竟然也追殺了過去。

第五，黎諾依描述的，位於狗窩鎮主幹道旁樹種單一的樹林。這同樣疑點重重。聽別人講，永遠不如自己親眼看到清楚。饒妙晴現在為什麼會在那片樹林裡？是被神秘人抓了去，還是說她發現了兄長和母親的下落，追了過去。

腦子裡現有的疑惑實在是太多了，亂麻一般，我無法理清楚。但只要隨著線索的增多，看似毫無關聯的東西，必然會聯繫到一起。這一點自己並不擔心。

唯一最讓我難以承受的，是黎諾依。

那堅強的女孩手裡端著一瓶礦泉水，一口也沒喝，只是望著窗外。已經保持一模一樣的姿勢，保持了很久。

我合攏筆記型電腦，走到她身旁，輕輕揉了揉她的小腦袋。柔軟頭髮的觸感和溫暖直觸心底。

黎諾依仍舊沒有動彈，她既沒有抬頭看我，也不哼一聲。我突然感覺背脊發涼。落地窗戶上，倒影著我倆的身影。黎諾依保持著一動也不動的姿勢，努力地翻動眼睛，在鏡子裡看向我的臉。

她的嘴唇在一張一合地說著些什麼。女孩知道我學過唇語，我也確實看懂了。頓時，發涼的脊背，爬上了一層雞皮疙瘩。

「不要動，不要說話。我們背後，有東西！」女孩的嘴唇，沉默地告訴了我這句話後，房間的 LED 燈猛地熄滅了。

整個世界，都陷入了黑暗當中！

背後黑漆漆的，我們背對著客房的大門。面前是一扇落地窗，窗外的霓虹倒映在玻璃上。酒店樓下有個牌樓，牌樓周圍擠滿了人。許多人圍著牌樓下臨時搭建的戲臺，而戲臺上，一群人拉著陝北特有的三弦琴，拉著二胡，吹著嗩吶。

戲臺上，一個男子唱著陝北道情。

風格強烈的陝北腔調從落地窗縫隙裡擠進來，歌聲陡然扭曲了，變得如同陰魂在噩嚎，驚悚莫名。

在那扭曲的秦腔中，背後，同時傳來了一陣更加可怕的怪聲調。我和黎諾依都不敢回頭，只能僵硬地站立在落地窗前。

怪聲調在秦腔的歌聲中，逐漸靠近。我拚命地將那聲音從秦腔裡分離，腦子中，逐漸恢復了它單純的音色。那是在玻璃上磨指甲的聲音？還是骨關節被不停扯斷的響聲？

那既複雜又恐怖的響聲，從大門外穿入了門內，在地上發出摩擦聲。有東西，背後果然有東西。那東西越靠越近！

我努力地睜大眼睛，想要藉落地窗上的玻璃，看清背後到底是什麼。可惜，我們身後的空間仍舊是一片黑暗。那東西越是靠近，我內心深處越是警鈴大作。我的背脊發涼，腦子裡有個和黎諾依同樣的念頭。

不能回頭！決不能回頭。否則，會死掉！

這個念頭到底是從哪裡來的，我並不清楚。但是警告卻如同有實質般，藉著我的直覺如此告訴我。

那東西更近了，我聽到了沉重的呼吸聲。那呼吸，猶如風箱不停的拉扯，又如同喉嚨裡有老痰卻吐不出來的咳嗽，絕對不可能是人類能夠發得出來的。呼吸聲，近在我耳邊。

耳畔被難受的聲音纏繞，耳膜都痛了起來。

黎諾依身體繃得筆直，整個人都在發抖。她明亮的大眼睛，眼皮子在微微顫動，臉頰上甚至流下了一滴淚。人只有在極為恐懼的情況下，才會無知覺的流淚。黎諾依，已經快要被不停接近身後的東西，弄得要崩潰了。

我們會死在這裡！我頭皮發麻，突然明白了一件事。那東西，帶著惡意帶著邪氣，是來要我們命的。無論回不回頭，它都想要我們死。回過頭，立刻就會死。不回頭的話，或許能拖延些時間。

必須要自救！

我什麼也顧不上了，腦袋火力全開。自己的外套脫了，偵探社配發的手槍就藏在外套中。可現在自己根本不清楚背後是什麼，甚至連開槍對它有沒有用，都無法判斷。不過，自己倒是在楊俊飛的神秘倉庫中偷拿了些神奇的小玩意用以自保。

其中一個，就被我放在貼身的口袋中，用來當做保命的撒手鐧。可那東西使用起來，也是會要命的。

背後的響聲，更加靠近了。我感覺得到它的視線在緊盯著我，不，確切地說，它死死盯著的分明是黎諾依。

我一咬牙，從褲子口袋裡掏出了一把可以藏在手心裡的青銅小刀。刀出竅，隨手往空中一拋後，自己的身體立刻將黎諾依撲倒，重重地撞在地上。

我們的身體在地上翻滾，滾到了角落中。

黑暗的酒店房間裡，立刻颳起帶著邪氣的風。一股股破空聲滿屋子的亂竄，彷彿尖銳的口哨，將一切物件撕得粉碎。

青銅的小刀帶著一絲鋒利的精芒，所到之處土崩瓦解。背後的東西同樣被這無差別的攻擊刺傷了，慘叫一聲後，撞破大門逃了出去。

小刀仍舊在空中飛舞著，破壞著一切。我趁著它飛越自己的腦袋上空時，冒著手臂會被撕碎的風險，將小小的刀鞘舉到了空中。

刀像是受到了無形的吸引，磁石般回到了刀鞘中。自己「啪」的一下，將刀鞘用符紙封住，這才鬆了口氣。

「得救了。」我癱軟地撐起身體，黎諾依嚇得不輕，豐滿的身軀壓在我胸口，不斷地喘著粗氣。

相顧無言半晌後，突然關閉的房間燈，猛地又亮了。

光明再次回歸後，我咂舌不已。酒店標間無論是床還是燈、甚至床頭櫃後隔開廁所的玻璃隔板，全都碎了。無堅不摧的鋒利小刀將所有物件切割成了細碎的廢品，一片狼藉。

房門大開著，想要殺我們的東西，早已不知所終。

黎諾依驚魂未定地坐在原地，緩了好幾分鐘，這才回過神，望向我的手。

「居然是這把小刀！你居然把它也帶了出來。」她瞪大了眼睛，眼中寫滿了擔心。

「妳還記得？」我笑了笑。自己這麼多年來找到過許多擁有神秘力量的物品，但是每樣物品其實都被羈絆纏繞，脫離了特定的環境和人之後，能力就不見了。所以我能使用的東西，並不多。南極找到的可以抵擋物理攻擊的黃豆是一個，這把被一張神秘符紙封印的小刀，是另一個。

「你不要命了。」黎諾依氣得直哆嗦：「這玩意兒是夢月妹子前些日子找到的，據說每使用一次，使用者就會減壽幾年。」

「放心，我有分寸。何況減壽什麼的這麼不科學的事情，不可能是真的。」我仍舊笑著。神秘小刀確實是李夢月找到的。聽說是一群盜墓賊從呂洞賓的墓中找到的。

八仙過海的故事人人都聽過，而八仙，其實每一個，在歷史上都是真有其人。呂洞賓也同樣確有其人。不過這小刀是不是傳說中呂洞賓出山時，他的師父送給他的，能夠千里奪人頭顱的神劍？我個人認為是扯淡，這根本不可能。只不過是那群盜墓賊為了抬高小刀的身價，幫小刀做的假來歷。

李夢月從楊俊飛的手上接了這個案子，她取得小刀的過程也非常曲折離奇，在今後我會單獨講一講。但沒想到，這把小刀竟然在今晚救了我一命。這讓自己非常感慨。作為至小就守護著我的守護女，哪怕她失蹤了，她尋找到的東西，仍舊在救我……她，究竟去哪兒了。沒她後我做事情都感覺有些虛，像是丟掉了後路般，伸展不開手腳。

「快十一點了。」一望著一地垃圾的酒店房間，我看了看手機：「不知道會不會還有危險，我們今晚輪流守夜。妳先睡吧。」

黎諾依乖巧地點頭，就地躺在地毯上，頭枕著我的腿，閉上了眼睛。

落地窗外的霓虹依舊，戲臺子上唱著秦腔的歌手唱得慷慨激昂，一群穿著古秦服裝的舞者，裙襬倩倩，洋溢著千年前的繁華盛景。

突然，我「咦」了一聲，趕緊掏出望遠鏡望過去。只見戲臺上那畫著濃濃白妝的其中一個男子，正在演員群中望向我的方向。彷彿是發現了我在看他，那男子迅速消失在了後臺。

自己分明見他手捂著胳膊，似乎受傷了。我皺了皺眉頭，難道剛剛襲擊我們的就是他？時間上確實有可能。但那濃濃的惡意、以及非人的喘息又是怎麼回事？

更何況，我不認為普通人類躲得過鋒利小刀的攻擊。

謎團，又增加了一層。那人溜得很快，我根本沒辦法追上他。自己也沒辦法判斷那會不會又是一個陷阱，所以我什麼行動也沒有採取，只是任由黎諾依枕在我腿上，等待夜晚過去。

兩人輪班，好不容易才將漫長的黑夜熬盡，當天空露出一絲魚肚白的時候，我們迫不及待的去退房。

可想而知當服務生檢查了房間後的驚訝。

「你們昨晚到底幹了什麼？居然沒任何東西是好的！」服務生張大了嘴巴，好半天才反應過來。

我一臉只賠錢不解釋的模樣。

只要有人賠，服務生就輕鬆了。他一臉賤賤地用視線徘徊在我和黎諾依身上，壓低聲音對我說：「兄弟，看不出來啊，你也不壯啊，昨天挺猛的嘛。沒關係，沒關係。都是男人我了解的。我要是有你那麼漂亮的女朋友，肯定連出門的興趣都沒了。」

這傢伙明顯是想歪了。

我乾笑了兩聲，賠錢後，帶黎諾依去了最近的一家戶外用品店採購。

「來這裡幹嘛？」黎諾依有些不解。最近遇到了太多驚魂未定的事情，女孩整個腦袋都有些迷糊了。

戶外用品店還沒開門營業，不過這種小地方的商店，店主為了節省成本通常都住在店鋪的隔間裡。我不客氣地用力敲著大門，直到店老闆揉著惺忪的睡眼打開了門。

拿了兩個大容量的登山包，我開始朝裡邊使勁兒地塞用得上的物品：「聽妳形容，那片樹林有些古怪。陝北黃土高原地帶，水土流失嚴重，遍地黃土。風大的時候張嘴就是一口的黃沙。可是那片樹林的葉子，妳還記得是什麼模樣嗎？」

「葉子好像巴掌大，橢圓形。」黎諾依回憶道。

「那就是闊葉了。闊葉植物需要大量的蒸發水分散熱，但是狗窩鎮位於黃土高原腹地，周圍的水資源嚴重不足。而且，森林附近也沒有大河流經，根本就供應不了如此多的水。闊葉植物不可能存活的。」我舔舔嘴唇：「不然妳看狗窩鎮，能看到除了蘋果樹和棗樹那光禿禿的枝椏以外的樹嗎？」

黎諾依想了想，頓覺細思極恐：「那我前天下午迷路的森林，到底是怎麼回事？」

「不清楚，所以我們要準備好可能迷路的打算。在野外，食物，住宿，以及水都要保證充足。」我買了大量的高熱量罐頭、繩子、飲用水……等等野外生存必備的物品後，結了帳。

沒睡醒的店主好久沒有遇到過大客戶了，剛剛還哈欠連天，等收錢的時候眼睛都亮了。他客客氣氣地問：「兩位準備去徒步？」

我沒點頭也沒搖頭，有意無意問了 句：「請問，狗窩鎮主幹道附近是不是有一片闊葉林？」

「闊葉林？」店主疑惑地想了想，搖頭：「不可能。這狗不拉屎的鬼地方怎麼可能長得出闊葉林。」

「真沒有？」我又多問了一次。

「肯定沒有。咱們鎮上的自來水都時有時無，哪有闊葉林生長的水源地。」店主斬釘截鐵的搖頭。

黎諾依和我對視一眼後，更加疑慮重重。既然連本地人都否定了狗窩鎮附近存在闊葉林的可能性，那麼，黎諾依前天下午，究竟看到的是什麼？我們真的還能在那裡找到饒妙晴嗎？

帶著疑問，我們將裝備扔到了車上，順著來時的路以及手機定位到的饒妙晴最後出現的地方，行駛而去。

車在縣道上漸行漸遠，沒多久就離開了小城的邊界線，進入了起起伏伏的土坡中。路兩側薄薄的行道樹外，就是荒涼的無人煙的土地，土地上泥很少，黃色的土沙在無盡的單調顏色中蔓延。根本看不到樹木。

行駛了大約一個多小時，手機地圖顯示就快要離開狗窩鎮地界時，突然行道樹變厚了。那種變化完全就沒有過渡，從骯髒光禿禿的黃土地到綠油油的森林，只不過就是幾公尺之隔罷了。

單薄的行道樹外黃土不見了，滿眼都是令人賞心悅目的綠。乾燥陽光的照耀下，那綠色的森林顯得生機滿滿，喜悅動人。

可是我卻看得毛骨悚然。

手機地圖上，每一種地形都有特殊符號和顏色。眼前明明綠意盎然，可地圖上，卻只顯示著代表毫無生機的灰色。代表森林的綠色，一絲一毫都沒有。我們的車停在縣道的路旁，手機代表我們位置的圖釘，就那樣刺在灰色上。

至少在地圖中，這附近哪有什麼森林！

我皺著眉頭，百思不得其解。森林不可能一夜之間出現，而地圖的更新時間，一年卻有好幾次。如果這片森林真的生長了幾百年，為什麼當地人不清楚，就連地圖勘探員也沒發現？

我要黎諾依不要急著下車，又將地圖轉換為衛星模式。將衛星地圖放到最大後，照片上顯示的仍舊是蒼茫黃土地，一根黑漆漆的，鋪滿瀝青的線貫穿黃土，那根線就是連接狗窩鎮和外界的唯一一條縣道。

衛星地圖的更新時間是半年前。

也就意味著，至少半年前，這片土地只有縣道兩邊有些綠色的行道樹，其餘地方，仍舊是黃土地。

可我們眼前的森林，究竟是怎麼回事？我的眼睛不可能出錯，森林，明明就在眼前。可無論地圖、衛星還是當地人，居然都不知道？不可能所有人都瞎了，這一處所在也不偏僻，只要去外界，就需要經過這片深藏樹林的縣道。

但是，現在除了我和黎諾依外，別人竟然都不清楚。不，或許少部分人知道森林的存在。而別的人，甚至衛星，都被森林中存在的某種障眼法遮蓋了真相。

再不然，整個所謂的森林，也只是幻覺而已？

我實在是沒想明白，光在車上坐著也毫無意義。我看了一下 GPS 定位到的饒妙晴最後出現的位置。她位於縣道西方，大約五公里處。

車果然是開不進森林的，只能走著去了。

我和黎諾依一人揹著一個重重的求生背包，互相對視一眼為對方打氣後，下車，踏入了這疑點重重的森林中。

狗窩鎮的秘密，越來越厚重。英雄、神秘人、怪物和恐怖的不存在的森林。任何一個，都會變成致命的陷阱。

自己故意落在黎諾依背後一點，看著她雪白的脖子。這一看之下，自己的魂都險些驚出竅。

女孩漂亮白皙曲線優美的脖子上，那一小片指甲大的灰色屍斑，竟然又，變大了！

第十二章 離奇鬼塔

屍斑，從來都只會出現在死人身上。哪有可能出現在活人身上。但是屍斑，又，確確實實的出現在黎諾依的脖子上。這令我實在難以接受。

現在手上的謎太多，能解謎的訊息卻太少。每次視線接觸到黎諾依脖子上的屍斑，我就會有些不知所措。我無法開口告訴她，只能自己承受這個秘密，妄圖一力解決。

狗窩鎮的神秘人，也一直瞄準著黎諾依。不知為何。

不久前，我以為是因為黎諾依誤入了這片森林，接觸到神秘的石塔後，才會被神秘人伏擊。甚至讓她看到狗窩鎮許多人看不到的東西。而她身上突然出現的屍斑，也是那神秘石塔的詛咒。

但現在我逐漸推翻了這些可能性。

畢竟如果大部分人都看不到眼前的這片森林的話，為什麼我們能看到？不，應該說是前天的黎諾依在沒進入森林、觸摸石塔前，她就已經出了問題，被詛咒了。

所以她才能看得到路旁的森林，所以才接觸到了石塔，所以才會被神秘人盯上，所以才會被詛咒。甚至，今天才能帶我進入，我本應該看不到摸不著的森林裡。

黎諾依，到底在來到狗窩鎮之前，和這個疑點重重的小鎮秘密，建立過怎樣的關聯？這一點，或許連女孩自己本身，說不定都不清楚。

我默默嘆了口氣，使勁兒地再次看了黎諾依脖子上長大了一倍的屍斑一眼後。一咬牙，走到了前邊。

必須要儘快，解開狗窩鎮的所有疑點。這樣才可能找到黎諾依為什麼會被詛咒的理由，以及破除詛咒的方法。

儘快！必須要儘快！否則，就晚了！

「好冷。」即使過了早上十點，陝北還是很冷，就連黎諾依呼出來的氣，都變成了白色的水霧。她揹著裝備，搓了搓手。

太陽照在身上，彷彿沒溫度似的，只讓人覺得更加的冷。站在滿眼綠色的植物世界裡，讓我完全感覺不出來這裡是著名的黃土高原。

縣道旁邊的樹是防風林，我扯下一片葉子看了看：「這是白楊樹。」

白楊用作防風林的特定樹種至少有上千年的歷史。我們身旁的這片白楊是新種上去的，大約只有十多歲。筆直的樹幹，灰白的樹皮，在路上很顯眼。一陣風吹過，白楊圓潤的葉子搖來搖去，在這冰冷的世界裡，卻顯得有些毛骨悚然。

「準備進去了。」我深吸一口氣，再次檢查了裝備。手機的行動電源帶了好幾個，也事先下載了離線地圖，甚至打開了路徑模式。這樣我們無論怎麼迷路，無論有沒有GPS信號，只要順著來時的路徑，就永遠都能找到回車上的路。

黎諾依有些心事重重，她點點頭，又朝我靠了靠，將小腦袋依偎在我肩膀上。就這麼靠了幾下，她突然笑起來：「阿夜，好久沒這麼長時間，和你單獨出來玩了。今天像不像徒步約會？就你跟我。」

「說什麼呢。」我的心裡同樣沉甸甸的，伸手摸了摸她的頭，柔順的烏黑髮絲纏繞在我的指尖。我咬了咬嘴唇：「別說這種話，妳旗都要豎起來了。」

「什麼叫旗都豎起來了？」黎諾依愣了愣，明白了：「討厭，你說我是烏鴉嘴吧？我才不會狗帶呢。」

「對，妳不會死的。不會讓妳死。」我用只有自己能聽到的聲音，淡淡道。

黎諾依奇怪的看了我一眼：「阿夜，這兩天你有點奇怪喔。」

「走吧。早點結束狗窩鎮的事，咱們早點回去。到時候我們真正的約會。」我在她腦袋上敲了敲。

黎諾依猛地停住了腳步。

我回過頭，見她獨自留在原地，淚水一滴一滴地往下落。

「妳怎麼哭了？」我不解道。

「阿夜，我們倆，認識多久了？很久了，對不對。你從來不給我承諾。」黎諾依用力地抹了抹淚水：「但是今天，你終於給我一個承諾。我是太高興了。真的，我是真的太高興了。」

我啼笑皆非，從什麼時候開始，那堅強勇敢、清純溫婉的女孩，變得會哭了會落淚了：「那妳想想，咱們之後去哪約會吧。」

「我有一個地方，一直想帶你去。」黎諾依往前走了幾步，拽住了我的胳膊：「阿夜，要不現在我們就離開吧。這裡明明跟夢月妹子扯不上關係，你幹嘛非得要深入下去。咱們現在就走？」

我搖了搖頭，什麼話也沒有說，只剩苦笑。自己沒辦法開口告訴黎諾依，她被詛咒了。那脖子上的屍斑，在逐漸增大。我們，已經暫時逃不掉了。如果不解開女孩身上的詛咒，用膝蓋想都清楚，當屍斑擴散至她全身時，黎諾依肯定會沒命。

就算讓我逃，我現在也絕不離開。

「走吧。」我拉著她的手，鑽入了防風林深處。黎諾依有些沮喪，但她很快就收斂起情緒，變回了往日堅強的她。

縣道旁的防風林並不寬，往裡邊走了大約幾分鐘後，樹種陡然變了。一種高達十幾公尺，樹幹如蟲子般彎曲掙扎著探向天空，樹葉又尖又寬又厚的怪樹展現在眼前。密密麻麻同一種樹，延伸向視線的盡頭。厚實的樹葉長滿天空，將大部分的太陽遮蓋住。樹下的空間，暗得像是黃昏。

「怪了，這些都是什麼樹？」我居然一時間也辨別不出來樹的品種。隨手摘下一片樹葉瞅了瞅。樹葉入手有些沉重，很大，足足有半隻手臂長。看起來像是闊葉林的樹葉，比闊葉植物的葉子厚了許多。怎麼看，都不像是我認知中的任何樹木品類。

黎諾依有些吃驚：「這些樹連阿夜你也不認識？」博學多識基本上都是認識我的人幫我貼的標籤，似乎沒有我不知道的東西。在某些事情上我被難倒了，黎諾依卻比我還驚訝。

我仔細打量樹葉，又聞又看，甚至將樹葉撕開觀察裡邊的脈絡。最終搖了搖頭：「怪了。這分明是木犀科的植物。」

「木犀科是什麼東西？」黎諾依問。

「是一種小喬木。」我猶豫了一下，說道：「在我的印象裡，只有一種樹能跟眼前的怪樹對上號。」

「什麼樹？」

我吐出了三個字：「鬼柳樹！」

「這名字好可怕。但柳樹我知道，是一種枝條長長的、樹幹醬白色的樹啊。」黎諾依用手指抵住嘴唇：「眼前的樹，根本不像是柳樹。」

「剛剛我就說過，鬼柳樹是一種小喬木。主產於雲南，基本上在陝西無法大規模的培育生長。雖然它也抗旱，但陝北的土地根本不適合它。我也從來沒聽說過有人用鬼柳樹當防風林和沙化防治的。」我同樣也百思不得其解：「但妳看這森林般的鬼柳樹，太怪異了。」

黎諾依上上下下打量周圍的植物：「哪裡怪異了？」

「它們的高度，每一棵都至少有十幾公尺。最高的都有二三十公尺了。」我拍著右邊的一棵樹：「但鬼柳樹是小喬木。所謂小喬木，就是它們根本長不高。雲南有棵四百年樹齡的鬼柳樹，也只不過十公尺罷了。」

黎諾依眨巴著眼：「所以這些樹也有可能不是鬼柳樹？」

「不，它們應該就是鬼柳樹。」我緩慢地搖了搖頭：「只不過不知為何，這片森林意外適合鬼柳樹生長。而且，成長高度也突破了樹種的限制。變得又高又大，葉片也暴漲了幾倍。」

我掏出手機看了一眼，果然進入鬼柳樹森林後，GPS信號和手機訊號全都消失得無影無蹤。地圖軌跡提醒我們，我們剛離開縣道幾十公尺，進入荒涼的黃土高原。和地圖形成鮮明對比的是，眼睛接觸到的無邊無際的綠色。這綠色，讓我膽戰心驚。因為實在太詭異了。

「走吧，小心一點好。」還好手機的指南針功能還能用。我一邊朝著事先確定好的饒妙晴的方位慢慢走，一邊對黎諾依說：「畢竟鬼柳樹這個名字，並非空穴來風。」

「不就是一棵樹嗎？」女孩不解道。

「這種樹的傳言很多。妳知道它為什麼叫做鬼柳樹嗎？」我問。

女孩搖頭：「不知道。和柳樹有什麼淵源嗎？」

「確實有。柳樹成長於南方水鄉，有水有河的地方，長得很好。古代人用柳樹枝驅鬼。據說走夜路的時候，古人都愛順手折一根柳樹枝在手裡。如果遇到了鬼擋牆什麼的靈異事件，就使勁兒地朝可疑的地方抽打。俗話說柳枝打鬼，越打越矮。」

「但作為喬木的低矮植物鬼柳樹，顧名思義，和鬼同樣有關聯。」我走在前邊，舔了舔乾燥的嘴唇：「古代的鬼柳樹長在深山裡，根部有藥用價值。採藥人發現凡是有屍體的地方，鬼柳樹長得就越好。這種喬木，最愛的就是人類的屍體。要是將一棵鬼柳樹栽種在墳墓旁，樹就會長得很高。它的根，藥用價值也越好。」

「好可怕！」黎諾依聽得後背發涼，看向那周圍綠油油樹木的眼神，也透出了恐懼：「阿夜，你的意思是。這一整片樹林下方，埋藏著許許多多人類的屍體。由於營養很充足，所以鬼柳樹才突破了樹種的限制，長得又高又壯？」

「也有可能是其他原因。畢竟這片樹林太古怪了。除了鬼柳樹外，地上沒有一根草，甚至土裡都沒有螞蟻窩。簡直像是這些植物，將所有的養分和生機都奪走了，只顧自己生長。」我也不知道該如何解釋樹林裡的許多奇怪現象。

揹著重重的行李，我們一路朝西走。這片樹林雖然看似詭異無比，但走了許久，也沒遇到危險。除了死寂之外，就只剩下風吹樹葉的摩挲聲。

死了一般的叢林，沒有鳥叫、沒有蛇蟲鼠蟻、這和生機勃勃的鬼柳樹形成了鮮明的對比。

饒妙晴的手機最後一次定位點，是樹林深處，離縣道西方五公里位置。人在平坦大路上的速度大約就是每小時五公里。森林裡坡坡坎坎不多，走起來還算順利。大約正中午十二點左右，我們行進了一個多小時後。自己盤算著應該到了，於是掏出手機看了一眼。

這一眼看下去，我頓時直皺眉頭。

果然有古怪。地圖軌跡顯示，我們一直都在繞圈。走了一個小時二十五分鐘，卻兜兜轉轉，回到了縣道旁不遠處。

我停下了腳步，身後低頭走著的黎諾依險些撞在我背上。

「出事了？」女孩看了看四周，沒發現危險。

「迷路了。」我搖搖頭，朝上空的樹頂瞅了瞅，決定道：「我爬到樹上看看情況，妳幫我觀察四周。」

黎諾依將背上沉重的背包仍在地上，我也三兩下除掉背包，開始爬樹。

鬼柳樹作為小喬木，樹幹異常結實，分枝也多。爬起來還算簡單。我選的這棵有二十幾公尺高，當自己爬到最頂端時，整個人都楞了一下。

密密麻麻的森林，一直綿延向看不見的盡頭。無邊無際，自己彷彿落入了亞馬遜叢林，這鬼地方哪裡還有任何一點陝北高坡的黃土地跡象？

地圖明明顯示，縣道和我的車就在東邊幾百公尺的位置。可我從樹頂的高處往下望，卻什麼也沒看到。沒有道路，沒有車，只有樹。蒼莽的森林，佔據了我視線裡的所有空間，我甚至無法判斷，這片森林究竟有多大。

離線地圖以及路徑軌跡，看來是已經不可靠了。我和黎諾依，徹底迷失在森林中。這森林古怪的程度，超出了我的想像。明明我們是朝著西方筆直在走，而且不停用指南針作為參照。可，仍舊還是迷了路。

我拿出手機朝四面八方照了幾張相片後，沮喪地下了樹。

「你的臉色不太好。」樹下的黎諾依已經準備好了午餐，甚至還有閒暇弄幾個小菜。她看我一臉黑沉沉的，不由得問。

「這片樹林，我懷疑它，在不斷地移動。」我沉聲道。

「移動？森林怎麼會移動？」黎諾依聽了我的話，很意外。她將飯遞給我，環顧了四周片刻：「森林也沒有震動過啊。」

我接過米飯，就地坐下，用力將飯朝嘴裡塞：「不是字面上的移動。我懷疑這些樹有機關，故意困住走入森林裡的人。至於究竟基於什麼原理，現在我還不清楚。」

「可我前天迷失在森林裡，不也安然出來了。」黎諾依偏偏腦袋。

「所以這也是我最不解的地方。妳提過當時是摸了一個石塔後，才找到回來的路的。」我的語氣頓了頓：「或許是石塔就是機關的中樞，摸到它，出去的路才會顯露出來。」

這個解釋不只是黎諾依，就連我都有些存疑。幽深沉默的怪異森林裡，死寂著的不只是死寂，還有那若隱若現的壓抑。這片沒有任何其他生物，只有樹的森林，肯定有一股排他性，來保持森林的單一性。

這也是我最擔心的地方。世界上最高的鬼柳樹，用了四百年，才長到十公尺高。而這些最低都是十幾公尺，最高三十幾公尺的鬼柳樹，每一株的年齡都不可能小。哪怕這些樹的樹齡在五百年左右，那就意味著狗窩鎮旁的森林，五百年前就已經存在了。

可狗窩鎮的居民，卻全然不知道它的存在。這肯定是有道理的。是狗窩鎮的人，全都看不到這片森林，還是有什麼祖訓代代相傳，讓所有人對這片森林視而不見？

不對，視而不見的可能性不大。畢竟衛星地圖和實景中，森林也是不存在的。這就意味著，森林果然是被某種障眼法掩蓋了起來。

狗窩鎮追殺過我們的神秘人，顯然清楚森林的存在。否則他不會綁架饒妙晴到森林中。那麼，這片森林，會不會就是擾亂狗窩鎮的隱形怪物的老窩。甚至，是那紅披風英雄的家。

說不定那英雄就是在這片森林中，跟凡人看不見的怪物戰鬥。一不小心有些怪物跑出去了，他只得追出森林去將其擊殺。

至少世界上所有的英雄和怪物的電影裡，都是類似的劇情。以紅披風英雄的中二性格，落入俗套的可能性很大。

我和黎諾依吃完飯後，已經接近中午一點了。簡單收拾了一下，揹好行李正準備繼續往西邊走。黎諾依突然驚叫了一聲。

「出什麼事了？」我連忙回頭問。

女孩面無血色，手虛空在身側，做出一個想要拿什麼東西，但是卻沒有拿到的姿勢：「這裡，不止我們。」

我迅速將手探入懷中，握住了偵探社配發的槍。日光穿透樹葉，落下星羅棋布的斑痕。樹葉在微風中不斷搖晃，周圍一片安靜。看不到任何敵人。

「我剛剛將垃圾收拾起來裝在了塑膠袋中。裡邊有沒吃完的食物和塑膠。可只是揹行李的時間，一轉身，整個垃圾袋都不見了。」黎諾依顯然嚇得不輕。

我再次用眼睛仔細巡視了一遍，仍舊沒有找到任何可疑的地方。眼中除了樹之外，什麼也沒有。

「妳的垃圾放在哪棵樹下？」我問。

「這裡。」黎諾依指著右手邊的一棵粗壯的鬼柳樹。

這棵鬼柳樹大約有兩人合抱那麼寬，粗糙的樹皮上沒有任何動物、甚至蟲子造成的傷痕。只有年齡帶來的歲月靜長。看起來普普通通的樹就那麼安安靜靜地佇立在森林裡，毫無可疑之處。

我對著樹繞了一圈又一圈，不死心地又踢了兩腳。

「阿夜，你在幹嘛？」女孩看不懂我的行為。

「諾依，不知道妳有沒有看過關於森林的恐怖電影？」我撇撇嘴：「電影裡不是經常有這樣的情節嗎。樹產生了動物才有的捕食行為，會移動，甚至會用自己的枝條將人纏住，殺死。用樹梢刺破人類的皮膚，吸取人類的血肉當做營養。」

「那恐怕也只有恐怖電影裡才會有吧。」黎諾依眨巴著眼：「你為什麼會提到這個？」

「電影很多時候都是根據事實改編的。妳不知道，其實植物的世界，比動物更殘酷。」我走到了那棵樹的北側，停住了腳步，眼睛一眨不眨地看著樹的某個部位：「為了爭奪水源，植物的根會刺入別的植物身體裡。為了爭奪陽光，蔓藤會纏住大樹，爬到樹梢，將它們活活勒死。食蟲草會引誘蟲子進入自己的陷阱。甚至就連妳最愛吃的番茄，也一丁點都不無辜。」

我從背上取出一把折疊斧頭，用斧柄敲了敲樹幹。樹中發出「哐哐」的結實響聲：「番茄的葉子會流出一種獨特的液體，踩在它葉片上的蟲子會滑落下去，死在番茄下方，最後變成營養物質被番茄吸收掉。所以，番茄其實是肉食性植物。妳吃番茄果實，間接是在吃死掉的蟲。」

「好噁心。」黎諾依撓了撓秀髮，她顯然覺得我的行為有些奇怪。所以也繞到了我身後：「阿夜，你拿斧頭出來幹嘛？」

「妳看！」我指著樹根的部位，然後揮動斧頭砍斷了幾根樹根。頓時，一些塑膠露了出來。

女孩大驚：「是我的垃圾袋。怎麼會跑到樹根下邊去了。」

垃圾袋已經不完整了，裡邊能消化的食物，也消失不見了。只剩下無法吸收的塑膠。我用斧頭挖了挖樹根的下方。撥弄幾下後，就露出了一個大洞。大洞裡全是密密麻麻的塑膠、金屬、甚至還有些破布。

「好多噁心的東西。」隨著洞口的敞開，一股股難聞的氣味從洞裡飄出來，惡臭熏天。黎諾依捂住鼻子，探下身體，將洞中的破布往外扯了扯。很快已經殘破不堪的布條就被什麼東西給卡住了。

「妳幹嘛去拖那些破布？」我奇怪道。

「這些東西有些眼熟。」黎諾依臉一紅：「好像是我的。」

「妳的衣服？怎麼會跑到樹下去了？」我更奇怪了。

「這不是衣服，是林芷顏大姐頭塞給我的，戰鬥服。」女孩的臉更紅了：「你不記得昨天我的行李被偷了嗎？我的其中一件戰鬥服就在行李箱中。」

「什麼時候偵探社配發戰鬥服了，聽妳的意思還不止給妳配發了一件兩件。真偏心。什麼樣的戰鬥服啊？能防子彈嗎？」我嘀咕了幾句，直嘀咕的黎諾依小臉紅得像血都快要滴了下來。

我們好不容易才將她的戰鬥服從洞穴裡扯上來。她的戰鬥服是紅色的，雖然已經成了破布，而且下半截還纏繞在大量的垃圾上，可仍舊能看出原本的輪廓。

所謂的戰鬥服完全是幾張絲綢拼接而成，根本沒有防護作用。而且最多就只能遮蓋到臀部。

「這種也算是戰鬥服？妳是被老女人林芷顏坑了吧！」我從鼻腔噴出一口氣。

黎諾依一跺腳，氣呼呼地說：「女人的戰鬥服，是用來征服男人的。大姐頭如是說。」

我一腦袋的黑線湧了上來。我擦，難怪感覺這戰鬥服有些古怪。左看右看，自己終於看出了名堂。這玩意兒明顯是情趣內衣的殘片。同樣的殘片還有很多。我擦，難道黎諾依帶了一整箱子的情趣內衣？難怪她丟了行李後，心緒不寧。讓熟人知道了，怕是她再厚的臉皮子都掛不住。

黎諾依咳嗽了一聲，紅著臉岔開了話題：「阿夜，明顯有人偷走了我的行李後，又將裡邊的東西扔進這片樹林中。」

我「嗯」了一聲，皺了皺眉頭：「但也有古怪的地方。這麼大一片樹林，為什麼唯獨我們隨便一挖，就能將妳的內衣挖出來？除非，是有人故意想要我們挖到它。」

「我也是這麼想的。」黎諾依點點頭：「那神秘人沒有將我的衣服丟完，還有一半不在坑裡邊。」

想到自己貼身衣物在不知是男是女的人手裡，女孩就渾身不舒服。

我眼尖，在一堆花花綠綠的破布中，發現了一根硬邦邦的東西。就是那東西將破掉的衣物卡住了。我將那根東西拿起來後，眉頭更是大皺。

「這是骨頭，人類的大腿骨？」黎諾依吃了一驚。

「沒錯。」我用手指敲了敲腿骨：「還是新鮮的。這人死沒多久。算了，這片森林裡的謎團太多了。我們繼續往前走，剛剛自己照相的時候，我看到那個位置有些與綠色不同的黑點。應該是某種建築物。」

我轉身，用手指著不久前在樹梢頂端看到的建築物的方向。可是自己跟黎諾依卻在轉身的瞬間，兩個人同時頭皮發麻的呆在了原地。

只見幾秒鐘前還是灰色的，只有落葉的土地上，竟然不知何時出現了一件件五顏六色的衣服和裙子。

隔著幾公尺就好好地鋪著一件衣物，形成了一條直通往森林深處的，路！

尾聲

「喂，這算什麼事？這些衣服我有些眼熟，應該也是妳的吧。喂，諾依？」我辨識著那些衣服。一整箱子的衣服，情趣內衣已經被惡意破壞後丟到樹根下的坑中。而比較正常些的衣服和裙子，倒是留著。

但那神秘人絕對有些心理變態。他不知用了什麼手法，在一眨眼的功夫，整整齊齊地將每一件衣服都鋪在地上。甚至在衣服的表面，還畫了血紅色的叉。

「諾依。妳怎麼不說話？」我喊了黎諾依兩聲。但是女孩並沒有開口回答。心中頓時湧上一股不好的預感。自己瘋了似的轉頭，偏向了她剛才站著的身旁。

身邊空空蕩蕩的，空氣裡還殘存著那溫柔婉約的美麗女孩幽幽的體香和溫度。

但是黎諾依，彷彿和那條她衣物組成的，突如其來的路一樣，突然不見影蹤。煙波縹緲在這，蒼茫的叢林深處。

吃人的森林，依舊死寂，依舊青翠富有活力。

唯一變化的是，黎諾依，在我的眼皮子底下，失蹤了！

後記

今天又是個風和日麗的好天氣，空氣不錯，陽光不錯，心情自然也不錯。

在成都生存，心情的好壞，從來都是和天氣扯上關係的。就如同我從前無數次描述的成都那樣，陰冷無雨、悶凍難忍。

所以成都人愛吃辣椒，因為從前，如果沒有辣椒來祛除四川盆地的瘴氣和戾氣，古代人很難健康的活下去。

哪怕是現代，也同樣如此。

所以作為一個從來不吃辣的成都人，我的日常生活向來都是和所有人格格不入的。以前妻子準備飯菜，都會準備兩份。一份辣的，一份不辣的。

一直以來，我沒有同化她，她也沒辦法同化我。

在這裡一定要感謝基因的強大。餃子出生後，和我一個德行。喜歡清淡不愛辣，妻子一個人吃一份，終於變成了家庭口味的少數人。

於是漸漸的，也不再愛做辣的東西。家裡的飯菜也越來越清淡。

這也直接造成了，我們一家人在四處帶著陰冷戾氣的四川平原裡，用一身正氣抵禦著必須要辣椒才能度過的日常……

可想而知，特別是冬天，絕對不算太好的體驗。

還好，成都人的另外一個特點，我至少還算是繼承了。那就是冬天一旦出點太陽，成都人都會無心工作、懶洋洋的幻想老闆會放假。當然，還有人更霸氣，直接請病假。

所以每次暖陽出現的日子，成都的街頭巷尾、河流覆蓋的草地旁，都被一個個的野餐墊佔領。無論那天是不是節假日，也無論那天，其實實際溫度甚至才攝氏幾度。

或許正因為如此，成都才總是給人一種懶散的感覺，腳步很慢、房價不高、工作大家都在找清閒能混日子的。最好是每個大太陽的天氣，上司就大方讓大家放假的工作。

最有意思的是，在成都其實真的有公司，是按照出不出太陽來代替法定假日放假的。

例如今天，明明只是星期二而已。我中午吃了飯，就幫餃子請假，將她從幼稚園接出來。妻子去樓下的公園鋪了野餐墊佔位置。

等自己拖著餃子到約定地點的時候，我的媽呀，那景觀真是無比壯烈。

幾百畝的公園只要有空閒的草地，都密密麻麻地開滿了五顏六色的野餐墊花。密密麻麻地坐滿了曬太陽的老年人和年輕人。

最近又是銀杏黃葉飄飛的季節，風一吹，無數金黃的葉子落在綠色的草地上。伴著在河畔吃飽了小魚的白鷺，一群一群的飛上天空，景色確是很美。也確實值得丟下工作，悠閒躺在草地上發呆。

從前每一個到成都來的外地朋友都經常問我一個問題：「你們成都人為什麼總是看上去很閒？也沒什麼上進心？」

其實朋友們客氣了，他們直白的意思翻譯過來，意思就是說成都人都很消極。

我從來不覺得成都人很消極，我覺得大家都是有為青年，總是忙忙碌碌的日常上班……直到今天，我才覺得自己以前的印象似乎哪裡不太對勁兒？

咦，你看，咦。明明只是星期二而已，只是出了點小太陽，室外就連溫度也不到攝氏五度。寒風的暖陽裡，那些密密麻麻的人群，比法定假期的人流還大。

退休的老年人暫且不提。那些正在奮鬥的年輕人，請假了；那些處於事業頂峰的中年人，請假了；幼稚園小朋友被媽媽從幼稚園接出來曬太陽的不計其數；就連事業心很強的房屋仲介們，也穿著工作裝在一棵樹下打紙牌。

好吧，我終於能承認了。成都人確實是又懶又不上進，我們待在自己的小世界中，懶散地過著一天又一天。

這裡的生活壓力很小。

這裡的冬天雖然陰冷，但是卻有我不愛吃的辣椒。
最重要的是，我終究才發現，我越來越喜歡成都了。

夜不語

夜不語作品 23

夜不語詭秘檔案805：英雄的城

國家圖書館出版品預行編目資料

夜不語詭秘檔案805：英雄的城 ／夜不語 著.
一 初版. 一 臺北市：春天出版國際， 2018.06
面； 公分. 一（夜不語作品；23）
ISBN 978-957-9609-41-8（平裝）
857.7　　107006029

ISBN 978-957-9609-41-8
Printed in Taiwan

作者	夜不語
封面繪圖	Kanariya
總編輯	莊宜勳
主編	鍾靈
美術設計	三石設計
出版者	春天出版國際文化有限公司
地址	台北市信義區信義路四段458號3樓
電話	02-7718-0898
傳真	02-7718-2388
E-mail	story@bookspring.com.tw
網址	http://www.bookspring.com.tw
部落格	http://blog.pixnet.net/bookspring
郵政帳號	19705538
戶名	春天出版國際文化有限公司
法律顧問	蕭顯忠律師事務所
出版日期	二〇一八年六月初版
定價	170元
總經銷	楨德圖書事業有限公司
地址	新北市新店區寶興路45巷6弄6號5樓
電話	02-8919-3186
傳真	02-8914-5524

夜不語
詭秘檔案

夜不語
詭秘檔案